Le médecin de la tsarine

HEINZ G. KONSALIK

Amours sur le Don	*J'ai lu* 497/5
Docteur Erika Werner	*J'ai lu* 610/3
Je guérirai les incurables	
Beaucoup de mères s'appellent Anita	
Le destin prête aux pauvres	
La passion du docteur Bergh	*J'ai lu* 578/4
Manœuvres d'automne	
Noces de sang à Prague	
Brûlant comme le vent des steppes	*J'ai lu* 549/4
Mourir sous les palmes	*J'ai lu* 655/4
Aimer sous les palmes	*J'ai lu* 686/3
Deux heures pour s'aimer	*J'ai lu* 755/2
L'or du Zephyrus	*J'ai lu* 817/2
Les damnés de la Taïga	*J'ai lu* 939/4
L'homme qui oublia son passé	*J'ai lu* 978/3
La caravane des sables	*J'ai lu* 1084/3
Une nuit de magie noire	*J'ai lu* 1130/2
Le médecin de la tsarine	*J'ai lu* 1185/2
Deux filles en liberté	
Alarme!	
Amour cosaque	*J'ai lu* 1294/3
Un été pas comme les autres	
Double jeu	*J'ai lu* 1388/4
La clinique des cœurs perdus	
Ausweis pour la nuit	
Natalia	*J'ai lu* 1382/3
L'amour est le plus fort	*J'ai lu* 1030/3
Le mystère des sept palmiers	*J'ai lu* 1464/3
Ils étaient dix	
L'héritière	*J'ai lu* 1653/2
La face obscure de la gloire	
La malédiction des émeraudes	*J'ai lu* 1565/3
Amour en Camargue	*J'ai lu* 1709/3
Il ne resta qu'une voile rouge	*J'ai lu* 1758/4
Bataillons de femmes	*J'ai lu* 1907/6
Le gentleman	*J'ai lu* 2025/3
Un mariage en Silésie	*J'ai lu* 2093/4
Coup de théâtre	*J'ai lu* 2127/3
Clinique privée	*J'ai lu* 2215/3
Quadrille	*J'ai lu* 2229/2
La nuit de la tentation	*J'ai lu* 2281/3
La guérisseuse	*J'ai lu* 2314/6
Conjuration amoureuse	*J'ai lu* 2399/1
La jeune fille et le sorcier	*J'ai lu* 2474/3
Pour un péché de trop	*J'ai lu* 2622/4
L'enfant tragique	
Le prisonnier du désert	
Une étrange croisière	
Janina	
Le sacrifice des innocents	*J'ai lu* 2897/3
Feu dans la savane	
Et cependant la vie était belle	*J'ai lu* 2698/4
La saison des dames	*J'ai lu* 2999/4
Le pavillon des rêves	*J'ai lu* 3122/5
La vallée sans soleil	*J'ai lu* 3254/5
La baie des perles noires	*J'ai lu* 3413/5

Heinz G. Konsalik

Le médecin de la tsarine

Traduit de l'allemand
par Gilberte Marchegay

Éditions J'ai lu

Titre original :

DER LEIBARZT DER ZARIN

1

Moscou, année 1564...

Dans le palais du Kremlin des cris stridents retentissaient, se brisaient contre les épaisses murailles, se perdaient dans les galeries obscures, dans les salles profondes comme des sépulcres.

Des gardes, en faction devant les portes basses – les seules qu'on soit autorisé à franchir – restaient là, pareils à des serfs muets et immobiles, les bras croisés sur la poitrine et la tête humblement baissée.

Des cris dans le Kremlin ? Qui s'en souciait ? Tout ce que ces formidables maçonneries avaient déjà étouffé de jurons, de malédictions, de gémissements, de râles d'agonie, aurait dû, depuis longtemps, les réduire en poussière. Mais bâties pour l'éternité, elles engloutissaient toutes les voix.

Et c'étaient deux voix de femmes qui criaient là, l'une claire, l'autre grave : – Un médecin ! clamaient-elles. Allez chercher le médecin de la tsarine !

Les gardes des portes restaient figés sur place. Leur rôle n'était pas de transmettre les messages, mais de rester contre le mur, comme des archanges devant les appartements du tsar. Pourtant, ils se regardèrent du coin de l'œil.

– Qu'est-ce que c'est que ça, petit frère? disaient leurs regards. Un médecin? Le tsar serait-il de retour? On le croit quelque part en Lituanie, ou en Pologne?

– On l'ignore, petit père. Le tsar est parti, et puis il est ici. Nul ne le voit s'en aller ou revenir. Lorsque son ombre s'abat sur Moscou, on le sait toujours assez tôt! Les boyards baissent le front un peu plus, les marchands franchissent les portes du Kremlin avec une mine blafarde, les courtisans tremblent et les Djaki, ces flagorneurs de cour, se racornissent aux dimensions des gnomes.

Deux filles de chambre franchirent en courant les portes basses et disparurent en gémissant dans l'ombre des couloirs.

– La tsarine, reprit le garde placé à gauche, hier encore bien portante et ivre, dansait dans sa chambre et m'a crié en me crachant au visage : Tu es un grand et rude gaillard, imbécile! T'en souviens-tu?

– Quelle diablesse, fiston! Je crois qu'elle s'ennuie en l'absence du tsar. La voilà malade, car son sang bout et déborde...

Les filles de chambre revenaient, précédant un jeune homme svelte et de haute taille, vêtu de noir, les épaules couvertes d'une houppelande flottante. De dessous sa longue chevelure blonde, ses yeux bleus fixaient les gardes qui avaient croisé leurs piques devant la porte d'entrée.

– C'est moi le médecin, dit l'homme de belle prestance. La tsarine me réclame.

Les piques restaient croisées. Les gardes, ignorant l'étranger, regardaient droit devant eux.

– Laissez-le passer, imbéciles! cria l'une des servantes. La tsarine s'est évanouie! Notre sublime tsar vous fera écarteler! Laissez-le passer!

Les piques eurent un mouvement brusque de recul, comme une serrure que l'on aurait forcée.

– Merci, dit le médecin. Rappelez-vous désormais mon visage, mes amis, car le tsar m'autorisera bientôt d'aller dans toutes les pièces de son appartement. Je suis médecin... pour vous aussi...

Il se baissa pour franchir le seuil et pénétra dans les pièces habitées par le tsar.

Les deux gardiens échangèrent de nouveau des clins d'œil :

– Tu as entendu, petit père? Un nouveau médecin! Un étranger, à l'entendre parler...

– Il ne restera pas longtemps au palais, fiston.

– Oui, ce sera comme avec son prédécesseur. Notre sublime tsar lui fit crever les yeux et arracher la langue avant de le châtrer. Et pourquoi? Parce qu'il avait prescrit au tsarévitch une poudre médicinale qui provoqua des vomissements. C'était une médication nécessaire... Mais notre sublime tsar crut à un empoisonnement. Car il est devenu méfiant, notre très grand petit père, depuis que sa première femme, la jolie Anastasia, a été empoisonnée... Il croit voir partout des meurtriers. Dieu l'ait en sa miséricorde! Mais ce nouveau médecin... ne fera pas non plus de vieux os.

La tsarine Maria Temriouka était d'une beauté à faire rêver.

Ivan IV l'avait conquise comme on conquiert une forteresse. D'abord elle n'avait été, comme des milliers d'autres femmes, qu'une prise de guerre tombée aux mains des troupes russes, lors de la chute de Kazan. Après la sanglante défaite des Tatars, après un long siège et un carnage insigne, le prince tcherkesse, Temriouk Tcherkassky, s'était présenté à son tour devant Ivan, accompagné de sa fille. Il avait baissé la tête, déposé son sabre devant les brodequins rehaussés de fils d'or du grand tsar et remis sa vie entre les mains du sublime vainqueur.

Chacun pensait alors : Tcherkassky n'a aucune chance de survivre! On avait déjà pendu ou décapité tous les princes tatars. La marche triomphale d'Ivan laissait derrière elle une trace sanglante. Dans la ville de Kazan, les rues retentissaient jour et nuit des cris des torturés.

Tcherkassky s'était résigné à mourir. Il s'attendait à la brève formule d'Ivan : Tuez-le! Mais ces paroles ne furent pas prononcées. Le tsar posa sur Maria un regard rapide mais scrutateur et ses yeux durs, dessus son nez aquilin, scintillèrent :

– Je veux vous voir à Moscou, toi et ta fille, dit Ivan d'un ton bref. Lève-toi, Temriouk, et remercie Dieu!

Maria resta auprès d'Ivan. A Moscou, il la prit pour épouse. C'était une femme aux seins épanouis, aux hanches étroites et flexibles, aux longues jambes fines. Ses grands yeux sombres, pleins d'un feu dévorant, exprimaient une invite constante, une lubricité jamais assouvie. Habituellement, elle portait de simples vêtements tcherkesses, comme les bergères des steppes infinies. Mais ses longs cheveux étaient toujours tressés de roses, d'œillets, de campanules ou de pavots. Ses ongles teintés de rouge luisaient comme ses lèvres peintes et autour de son corps radieux tintaient nombre de bracelets, de chaînes d'or et d'anneaux de chevilles, selon la mode du Levant.

Son père avait pris la précaution de la faire instruire des plus extrêmes raffinements de la science amoureuse, selon les traditions des harems.

Ainsi Maria n'ignorait rien des magies orientales. Ses talents incomparables firent capituler le grand, le puissant Ivan. Le premier soir, après s'être livrée devant lui aux évolutions lascives d'une danse tcherkesse, Maria vola dans ses bras comme un oiseau farouche, le submergeant de savantes caresses. Le lendemain matin Ivan sortit de la chambre conjugale en titubant, l'œil cave, épuisé jusqu'à la moelle. Il regarda d'un œil égaré le grand maréchal de sa cour qui, chaque matin, attendait son maître dans l'antichambre.

– Elle est capable de vous tuer! déclara une fois Ivan à l'issue de l'une de ces nuits. Mais quelle mort délicieuse!

A présent, le tsar était loin de Moscou. Il déployait ses talents quelque part dans le nord où il faisait exécuter ses ennemis ou ceux qu'il croyait tels; d'autres fois les faisant aveugler ou castrer. Mais toujours en public. Il ressemblait en cela au directeur d'une troupe de théâtre qui régalerait son public non d'innocentes arlequinades mais de ces insignes horreurs qu'autorise la détention du pouvoir absolu.

De temps à autre, des courriers apportaient de sa part, sur leurs montures harassées, quelques missives :

A mon épouse bien-aimée;

A ma rose de Kazan;

A la Magicienne de mes amours.

Maria lisait ces lettres, les déchirait, puis recevait secrètement ses amants. Il y avait des passages dans le vieux Kremlin où presque personne ne s'était aventuré. Ils formaient des terriers de renard, des labyrinthes au-dessus et sous terre. Il y avait des endroits d'où l'on ne ressortait plus jamais : c'était le séjour des « âmes mortes »... Jouet aux dimensions d'Ivan IV, que l'on appelait aussi le Terrible.

Le jeune médecin avait été conduit dans la chambre de la tsarine. Il s'inclina très bas devant elle. Derrière lui, les caméristes s'éloignaient rapidement. Le médecin resta dans la même attitude, attendant un mot de la tsarine.

Maria considéra longuement ce beau jeune homme. Etendue sur un grand lit recouvert d'une peau d'ours sur laquelle on avait jeté une couverture de zibeline noire légère comme un duvet, elle n'était vêtue que de voiles superposés et tissés d'or que ses suivantes avaient adroitement mêlés de fleurs.

– Qui êtes-vous?

La voix de la tsarine lui parut sombre comme le tintement d'une cloche d'airain. Elle frappa ses mains l'une contre l'autre et le médecin comprit qu'il devait se redresser. Son regard rencontra celui de Maria et ce fut comme l'entrecroisement de deux lances.

– Je suis Andreas Daniel von Trottau, sublime tsarine. Médecin chirurgien et spécialiste de médecine interne. J'ai fait mes études à Dorpat et à Paris, et suis diplômé du roi de France... Il a plu au sublime tsar de me nommer médecin attaché à la personne de la sublime tsarine, parce que j'ai réussi, en Lituanie, à guérir le prince Kourbski d'une grave maladie.

– Vous êtes allemand?

De nouveau ce regard semblable au jet d'une lance, mais d'une lance au fer orné de roses.

– Oui, je suis né à Memel. La sublime tsarine serait-elle malade?

– Je ne sais pas.

Maria s'étira sur sa couverture de zibeline. D'un geste félin, elle envoya ses mules dorées à travers la chambre. L'une d'elles passa si près de Trottau qu'il put la saisir au vol. Lentement, il s'approcha avec la mule à la main.

– Quel pied charmant...

La tsarine sourit. Les voiles qui recouvraient sa poitrine avaient glissé, montrant ces rondeurs et cette blancheur d'albâtre qui font la renommée des filles du pays tcherkesse. La tsarine restait étendue dans la clarté dansante des torches et des lampes à huile.

– J'ai des étourdissements, dit-elle. Lorsque je joins les mains, elles deviennent moites et quand je me redresse il me semble qu'un poids écrasant s'abat sur mon cœur. Mes yeux frémissent... (Elle s'étira encore et soupira :) Expliquez-moi cette maladie, docteur. Y aurait-il un remède à mes maux?

– Il me faudrait ausculter la sublime tsarine... (Trottau s'approcha du lit.) Il me faudrait être autorisé à procéder aux attouchements d'usage...

– Le tsar et le médecin sont les seuls qui puissent toucher la tsarine...

Elle rit, écarta et repoussa ses voiles des deux mains et apparut, nue, devant lui. Un corps comme n'en dépeint aucun conte de fées.

– Chez nous, jadis, on crevait les yeux des médecins, dit-elle, afin qu'ils ne puissent que toucher et entendre les femmes sans jamais voir leur beauté. Quelle époque cruelle! (Elle s'appuya sur ses coudes en regardant Trottau :) Quel âge avez-vous?

– Trente ans, sublime tsarine.

– L'âge du tsar! Mais vous êtes plus grand, plus fort, plus beau... Etes-vous marié?

– Non.

– Pourquoi?

– J'ai poursuivi mes études, c'était plus important. Puis j'ai été me fourvoyer dans des guerres, des soulèvements... Qui trouverait le temps de se marier en de telles circonstances?

– Vous n'avez donc jamais aimé? (La tsarine se laissa retomber sur sa couche de zibeline. Son corps dénudé s'arqua. Telle une vague qui se soulève, il glissa vers Trottau.) Vous êtes un pauvre garçon! lança-t-elle.

– J'ai bien connu quelques filles..., dit-il.

– Des courtisanes, sans doute?

– Des filles respectables, noble tsarine... mais je suis un cœur inquiet, je ne saurais végéter ni me morfondre...

– Médecin, j'aime votre inquiétude! Plongés dans un tourment sans fin nous sommes forcés de nous renouveler : c'est le chemin de la vie éternelle. Asseyez-vous!

Sa petite main blanche chargée de bagues frappa le lit.

– Vous avez des cheveux d'or filé. Les conteurs de Kazan prétendent qu'une jeune fille emprisonna un jour un prince de ses cheveux d'or comme une araignée immobilise sa victime au milieu de ses fils!

Elle saisit la main de Trottau et la posa sur son cœur. De la chaude vallée de sa poitrine montait jusqu'à lui le parfum de mille roses.

– Les conteurs de Kazan sont des sots : c'était tout le contraire : un jeune homme aux cheveux d'or enferma dans une résille de fils éblouissants une tsarine...

Elle se redressa si vivement que Trottau ne put s'écarter. Elle jeta ses bras autour de son cou, se laissa retomber avec lui sur le lit et l'embrassa. Ce baiser consuma tout en lui : respect, force, raison, prudence... Encore soudé à ses lèvres, il étreignit la tsarine et se laissa vaincre par son corps.

– Comment t'appelles-tu?

La tsarine, lasse et heureuse, reposait dans les bras de Trottau et roulait ses cheveux blonds autour de ses doigts. Les torches s'étaient éteintes, seules les lampes à huile dispensaient encore leur douce clarté.

– Andreas Daniel von Trottau.

– Je t'appellerai Andrei. (Elle se libéra de son étreinte et s'élança hors du grand lit.) Tu seras toujours auprès de moi, tu m'accompagneras à la chasse, nous irons nager et nous compterons les nuages. Nous pêcherons dans les fleuves les saumons et les esturgeons et traverserons les forêts en traîneau. O Andrei, je t'aime!

Elle se pencha vers le jeune homme et lui baisa les pieds avec une émouvante humilité. Trottau ne bougeait pas, craignant de troubler cet enchantement.

On avait raconté tout autre chose au sujet de Maria. On parlait de cruauté, d'indifférence, de soif de vengeance, de violences frénétiques. Si Ivan était un monstre, Maria passait pour être l'instigatrice de cruautés plus atroces encore. Dieu ait pitié de son âme! avait soupiré le négociant Venovski chez qui habitait Trottau, avant d'être nommé médecin du tsar. – On peut encore échapper au tsar si l'on accepte de faire toutes ses volontés... mais avec la tsarine... Petit frère médecin, si Satan apparaissait sous la forme d'un ange, le monde serait perdu. Avec Maria Temriouka, il sombrera...

Et voici que lui, Trottau, était couché dans son lit! Elle lui baisait les pieds et les caressait de ses mains douces.

– Il faut que je t'ausculte, dit-il

– Tu m'as déjà guérie, ours blond!

– Le tsar exige un compte rendu.

– Ecris donc : la tsarine a cherché l'amour pendant trois ans, je le lui ai apporté!

– Il me fera pendre.

– Certainement. (Elle rit et se jeta de nouveau sur lui.) Tu vois ce que tu risques à ne pas m'obéir. Appelle-moi Mariouchka. Vite, dis-le!

– Mariouchka...

– Qu'il est doux de l'entendre de ta bouche! Oh, Andrei, le monde s'est métamorphosé au cours de cette nuit...

– Et qu'adviendra-t-il de nous, Mariouchka?

– Tu es le médecin, je suis malade et tu dois me guérir chaque fois que je t'appellerai. Ivan te couvrira d'or parce que tu me seras secourable; quant à moi, je te comblerai d'amour comme si tu baignais dans la lumière du soleil.

Aux premières heures de l'aube, Trottau quitta la chambre de la tsarine. Devant la troisième porte, les deux filles de chambre s'étaient endormies; devant la cinquième porte se tenaient deux nouveaux géants barbus, muets, qui louchèrent pour l'examiner.

– Je suis le médecin attaché à la personne de la sublime tsarine, dit Trottau d'une voix forte. Où est le maréchal de la cour?

Les géants ne répondirent pas, mais un garde sortit d'un recoin de la pièce, portant un gigantesque mousquet. Il se mit au garde-à-vous et précéda

Trottau. Ils traversèrent quelques salles où une foule de gens attendaient, pour la plupart des fonctionnaires, des officiers, des messagers venus des régions les plus diverses de la Russie. Un serviteur, vêtu de larges pantalons rouges et d'une veste richement brodée, conduisit Trottau dans une autre pièce. Un vieillard y était assis, les yeux très creusés sous un bonnet de zibeline. Il parut surpris à la vue de ce grand garçon blond, au costume noir et de coupe étrangère.

– Viens-tu du pays des corbeaux? dit-il.

Trottau sourit et sortit de sa poche un écrit du tsar. Le vieil homme le lut.

– Le nouveau médecin! Le maître est dans le Nord, tu l'y rejoindras demain. (Le vieux examinait Trottau comme on examine un cheval inconnu :) Un Allemand! Le tsar n'aime pas les Allemands; pourquoi t'a-t-il fait venir au Kremlin?

– J'ai guéri le prince Kourbski et, cette nuit, la sublime tsarine.

– Tu as déjà été auprès d'elle? (Sur le visage du maréchal de la cour un frémissement passa :) Serait-elle malade? Que Dieu nous assiste! Un seul cri de douleur de la tsarine peut transformer le palais en antichambre de la mort! Le tsar l'aime comme il aime le soleil, la neige, les fleurs et les forêts.

– Elle ne criera pas, dit Trottau, j'ai commencé un traitement... qui semble réussir.

– Qu'a-t-elle, médecin? Que lui faut-il?

– De l'air, de l'exercice, la liberté... Enfermez un aigle dans la plus grande des cages, il s'étiolera. J'ai prescrit pour la tsarine des sorties journalières dans les forêts de Boutyrki, à Sagorsk, à Noginsk...

– Dans les marécages? Tu es fou!

– Elle y chassera le canard, les cygnes et...
– Y prendra les fièvres! Je l'interdis, médecin!
– S'il en est ainsi, j'enverrai un courrier au tsar en Lituanie. Ecrivez-lui, j'ajouterai une lettre à votre missive : un vieil homme à calotte de fourrure s'oppose à la guérison de la tsarine. C'est moi le médecin!

Le vieillard fixait Trottau d'un regard hostile :
– Vous, les Allemands, à peine foulez-vous la Sainte Terre russe qu'elle s'émiette sous vos bottes! Fais ce que tu veux, médecin, cela te coûtera la tête! Aussi vrai que saint Paul fut pendu par les jambes.
– Alors il ne m'arrivera rien... (Trottau s'inclina légèrement :) Car saint Paul fut décapité!

Il quitta la retraite du maréchal de la cour sans attendre sa réponse. « Ils tremblent tous pour leurs vies, pensait-il. Ivan... quiconque prononce ce nom prie ou jure, mendie ou pleure. Quiconque le loue est un hypocrite. Mon Dieu, dans quel monde me suis-je fourvoyé? »

Il s'arrêta dans une galerie et regarda par une fenêtre. En contrebas, il voyait l'une des cours intérieures du Kremlin. Un détachement de streltsy – hommes d'armes – y faisait l'exercice. Devant un mur, on avait élevé une cloison de bois dans laquelle étaient rivés des anneaux de fer. Les planches luisaient, marquées de larges taches rouges. C'était le mur des flagellations.

Trottau se retourna brusquement. Il avait perçu derrière lui une toux discrète. Un domestique s'inclina très bas :
– Gospodin, je dois vous conduire jusqu'à votre logement.

Trottau répondit d'un signe de tête. Il était fatigué. Il aspirait au contact de l'eau, espérait se plonger dans un bain chaud, fumant; le parfum de roses de Maria avait pénétré intimement les pores de sa peau.

Ainsi commença pour Andreas Daniel von Trottau sa première journée au Kremlin. Dans l'après-midi, le tsarévitch le fit appeler. C'était le fils de la première épouse d'Ivan, Anastasia, morte pour avoir absorbé un breuvage empoisonné.

Le tsarévitch était un bel homme au caractère bienveillant, doux et triste. Il prit la main de Trottau comme celle d'un ami. Il lui offrit du vin, des pâtisseries au miel, des fruits, puis il s'assit sur un divan recouvert de fourrures et posa sur Trottau un regard interrogateur :

– Mourra-t-elle?

– Qui? répliqua Trottau.

– Tu sais bien de qui je parle. Tu l'as auscultée!

– Non, elle ne mourra pas.

Trottau se pencha au-dessus de la coupe contenant des fruits, afin de dissimuler son visage. Ils la haïssent tous, pensa-t-il. Dans leurs prières, ils supplient Dieu : Seigneur, délivre-nous d'elle! Est-elle aussi diabolique? Je l'ai connue si différente, pareille à un étang transparent et tiède, dans lequel on peut se baigner.

– Est-elle très malade?

– Non, elle ne manque que d'air.

– Peut-on être guéri par l'air extérieur? (Le tsarévitch regarda Trottau avec étonnement :) Ce serait une médecine bien simple et peu coûteuse!

– Il existe des médecines très simples que nul ne devine parce qu'elles font étroitement partie de la vie quotidienne. Chacun peut les acheter, le plus pauvre moujik comme le mendiant le plus déshérité...

– Sauf un tsar! C'est bien ce que tu voulais dire! Cite-moi quelques-uns de ces médicaments!

– Le soleil, le vent, la neige, l'eau courante, une forêt qui respire.

– Une forêt respire, crois-tu? Tu es poète, Trottau... (Le tsarévitch sourit tristement :) Un arbre est une chose morte.

– Un arbre est une vie multipliée cent fois! (Trottau s'approcha du tsarévitch, le regarda au fond des yeux, passa une main sur son visage pâle et sur ses cheveux courts :) Si tu ne veux pas mourir phtisique, toi, le tsar de demain, va-t'en à l'air libre! Chevauche à travers les forêts et respire, respire. Saute dans un cours d'eau et nage jusqu'à ce que tes muscles te fassent mal. Apprends à marcher et arrête-toi dans la forêt, ouvre tes bras et crie ton amour de la forêt, des cieux, de l'air. Nul ne t'entendra, là-bas, au fond de la sombre forêt et ton souffle sera débarrassé de tout poison...

– Le poison? répéta le tsarévitch en se levant d'un bond. On veut m'empoisonner? Et tu le sais, Trottau? Qui est-ce?

Trottau appuya des deux mains sur ses épaules et le fit se rasseoir sur le divan :

– Vous vous chargez tous de vous empoisonner vous-mêmes. Dans le plus beau pays du monde, c'est à qui se terrera derrière des murs de pierre, s'enveloppera de fourrures lorsque brille le soleil, se grillera devant des feux lorsqu'il neige. Pourquoi?

– Pourquoi? (Le tsarévitch dégagea ses épaules des mains de Trottau :) Faut-il nous laisser tuer par l'air glacé, le temps cruel?

– Dominez-le! Trottau marcha vers une fenêtre et l'ouvrit : la fraîcheur du soir entra dans la pièce.

Le tsarévitch frissonna.

– Vous avez froid? Comment pourrez-vous régner un seul jour sur le plus vaste empire du monde si le moindre vent coulis suffit à vous abattre?

– Je me plongerai dans le vent! (Le tsarévitch se leva d'un bond.) J'irai me rouler dans la neige et parcourrai les forêts comme l'élan? Mais si je tousse, Trottau, si la fièvre me prend, alors tu seras pendu! (Il alla vers la fenêtre et fit face au vent qui bondissait par-dessus la muraille du Kremlin.) Tu ne deviendras pas vieux à Moscou, Trottau. Deux jours au plus après le retour de mon père, ils te trancheront la tête, là-bas, devant ce mur! (Il s'étira et aspira l'air à pleins poumons :) Comment comptes-tu soigner la tsaritsa?

– Comme vous, par l'eau, l'air, le soleil.

Et par l'amour, songea Trottau. Mais s'il avait exprimé cette pensée, il eût scellé son arrêt de mort.

Dans la nuit, Maria fit de nouveau appeler son médecin. Trottau resta auprès d'elle jusqu'au matin. Puis ils firent atteler une voiture et s'en furent ensemble dans les forêts autour de Sagorsk. Jusqu'au couvent, quatre cavaliers les précédèrent et huit autres suivirent l'attelage. Puis la tsarine ordonna qu'on les laissât seuls. Trottau l'accompagna et ils pénétrèrent au plus profond d'un bois de bouleaux inondé de clarté.

Lorsqu'elle se crut assez éloignée de toute présence humaine, Maria s'arrêta :

– Embrasse-moi, dit-elle radieuse. Oh! Andrei, je viens de renaître!

Ils s'étreignirent et s'en furent, enlacés comme tous les couples amoureux, la main dans la main, le cœur battant, dans l'illusion trompeuse que ce monde pourrait, par la magie de l'amour, devenir un paradis.

Dans le sous-bois, le boyard Iouri Alexandrovitch Chemski observait sa tsarine et le médecin étranger. Trois serviteurs, armés de lourds pistolets, étaient accroupis à ses côtés.

– Observez bien ce que vous voyez, murmura Chemski. Et n'oubliez rien! (Son cœur battait. La jalousie le rongeait comme un acide :) Je vous ferai crever les yeux si vous l'oubliez! Glissez-vous à leur suite. Vous raconterez tout au tsar : que Dieu le protège!

2

En Lituanie, au sud de Dorpat où il avait installé son camp, le commandant général des troupes russes, le prince Kourbski, attendait l'arrivée du tsar.

Depuis des années, les Russes étaient aux prises avec les paysans lituaniens. Il ne se passait pas de jours sans que des combattants russes ne soient assaillis ou cruellement mutilés. Tout aussi cruellement, le prince russe rendait les coups, faisant exécuter des otages et brûler des villages entiers. Mais il agissait à contrecœur. Sans se décourager, il essayait d'entrer en négociation avec les chefs des rebelles lituaniens, les rencontrait en des lieux écartés au fond des forêts, afin de leur expliquer que la puissance de Moscou était plus forte que la volonté d'un petit peuple d'être libre. En vain. Le sang se remettait à couler les jours suivants. La guerre se poursuivait en Lituanie.

Pour Ivan, cette opiniâtreté était l'expression d'une trahison. Et il en attribuait la responsabilité au prince Kourbski. Il négocie! criait Ivan. Le seul langage du tsar, c'est l'épée. Faut-il que je fasse tout moi-même dans mon empire? Annoncez à Kourbski que j'arrive!

– J'ai peur, dit la princesse Kourbskaia, tremblante lorsqu'un courrier du tsar apporta cette nouvelle. Andrei Michaïlovitch, pense à ton fils, pense à moi! Quitte Dorpat avant que le tsar n'arrive!

– Un Kourbski s'enfuirait? (Le prince, grand, mince, couvert d'une lourde pelisse, marchait de long en large, l'air préoccupé :) J'irai à cheval à la rencontre du tsar et je le conduirai à travers la Lituanie. Il faut qu'il voie de ses yeux le pays et les hommes sur lesquels il règne.

– Mais auparavant il te fera crever les yeux! s'écria la princesse. Le tsar est sans pitié, Andrei! Au nom de ton enfant... (Elle tomba à genoux aux pieds de son mari :) Evade-toi de Dorpat!

Kourbski se pencha vivement et la releva :

– On ne s'agenouille que devant Dieu et le tsar, dit-il d'une voix enrouée. D'ailleurs, je ne me sens pas coupable, Ivan est mon ami, nous avons joué ensemble dans notre enfance, j'ai toujours été son confident, il n'a pas de meilleur ami que moi, il le sait.

Une demi-heure plus tard, le prince Kourbski s'en allait à cheval, entouré de ses gardes. Il se retourna pour jeter un dernier regard : la princesse se tenait à sa fenêtre, son fils devant elle. Un enfant de huit ans, blond, aux grands yeux bleus. Le prince Kourbski se détourna.

Si le tsar me tue, pensait-il, je les sauverai par le sacrifice de ma vie. Ils vivront. Puis, enfonçant ses éperons dans les flancs de sa monture, il se lança au galop à travers la vaste plaine.

L'endroit où il s'arrêta pour attendre le tsar était bien choisi. Entouré de son armée lituanienne qui l'aimait, Kourbski se sentait en sécurité. Même si le tsar arrivait avec quelques centaines de tireurs d'élite, une muraille d'hommes d'armes lui ferait face.

Vers midi, un nouveau courrier arriva en toute hâte sur un cheval écumant :

– Le tsar est à douze verstes d'ici, seigneur! cria-t-il.

– Que dit-il?

– Il m'a fait partir à coups de fouet administrés par ses streltsy, dit le courrier qui se retourna.

Son pourpoint était déchiré dans le dos, du sang avait traversé l'étoffe et séchait à présent en formant de larges croûtes.

Kourbski plongea une main dans sa poche, en retira une bourse remplie de roubles et la lança au courrier qui tremblait :

– Voilà un emplâtre pour te guérir, dit-il d'une voix sourde. Souviens-toi que c'est un honneur d'être battu par le tsar!

Au bout d'une heure, ils virent avancer vers eux le long cortège des cavaliers porteurs d'oriflammes. Des fanfares éclataient dans l'air encore glacé de ce jour de fin d'hiver. Le boyard Loudenski chevauchait au côté de Kourbski :

– Que vas-tu faire? lui demanda-t-il, la voix enrouée par l'émotion.

– Je m'en irai seul à sa rencontre.
– Seul? Es-tu fou, Andrei Michaïlovitch? Il te fera empaler!
– Si vous voyez cela, faites sonner l'attaque!
– Contre le tsar?
– Contre un assassin! Je mourrai innocent, vous le savez tous.

Le prince tendit sa main à Loudenski et, sans un mot de plus, s'avança à cheval vers le tsar.

Ivan se dressait sur son destrier, l'air à la fois fier et sombre. Son attitude exprimait une autorité impitoyable. Il portait une cotte de mailles noire, renforcée, au niveau de la poitrine, par de petites plaques d'acier... Son casque, chef-d'œuvre en fer bruni et martelé était doublé intérieurement de fourrure et surmonté d'une pointe. Il descendait de chaque côté de son visage et sur la nuque, protégeant ainsi le cou et les épaules. Une lame d'acier s'avançait sur le front et protégeait le nez aquilin. Ainsi harnaché, Ivan le Terrible considérait de ses yeux froids le monde qui lui appartenait, *à lui* le plus puissant des potentats. Ses mains disparaissaient dans des gantelets de fer aux phalanges hérissées de dards. Lorsqu'il en frappait un ennemi, il était sûr de le déchirer. Et pourtant, ce n'était encore qu'une punition banale. Il y avait, suspendu à sa selle et passé dans un fourreau, un « posoch », sorte de gourdin de berger, à la pointe de fer et dont il ne se séparait jamais.

Il chevauchait en silence lorsque le prince Kourbski surgit devant lui et s'inclina très bas sur son cheval :

– Longue vie au tsar, que Dieu le protège! L'armée attend son chef!

Ivan eut un regard de côté. Les dernières paroles de Kourbski exprimaient une menace, malgré les premiers mots de soumission. Le tsar le comprit. Brusquement, il tira sur ses rênes et contempla la forêt de tentes, de drapeaux et de soldats qui lui faisait face. Un groupe de cavaliers se rapprochait lentement. Le boyard Loudenski, accompagné de quarante officiers, suivait son prince.

– Je te salue, Kourbski, dit Ivan durement. (D'un geste brusque, il tira son « posoch » de son fourreau et le posa devant lui en travers de sa selle :) As-tu quelque chose à me dire?

– Je jure sur la croix n'avoir jamais fait qu'obéir aux ordres du tsar...

– C'était là ton serment, Kourbski!

– Je jure encore ceci : seul, le tsar est mon maître, je ne reconnais aucune autre puissance en ce monde, je dénoncerai tous les traîtres à mon tsar, fussent-ils mes parents, mes frères, mes amis...

– Tu as oublié les dernières paroles de ton serment, Kourbski!

Le prince regarda le tsar au fond de ses yeux froids, meurtriers. Il reconnut ce regard sous lequel se figeaient de peur et d'horreur tous les autres humains et il dit à haute voix :

– Je jure sur la croix : je sais que moi-même et mes soldats nous devrons mourir si je m'oppose aux ordres du tsar.

– Tu t'en souviens bien à propos, Kourbski!

Avec une angoissante rapidité le posoch sortit de sa gaine. Kourbski vit la pointe d'acier effilée dirigée vers lui, mais il ne chercha pas à l'éviter. Il leva fièrement la tête et bomba sa poitrine, face au dard mortel. Derrière lui, le prince entendit le martèlement des sabots de la cavalerie de Loudenski. Ils me vengeront, pensait-il en cette seconde précédant la mort.

– Ivan, Grand tsar, enfonce ton dard d'acier!

La pointe du posoch s'arrêta contre la poitrine du prince. Ivan le tenait, bras tendu, de sa main au gantelet hérissé de griffes acérées. Ses yeux froids étincelaient :

– Tu es donc si orgueilleux? demanda-t-il sombrement.

– Ma vie appartient au tsar : il en fera ce qu'il veut.

– M'as-tu trahi, Kourbski?

– Le tsar en décidera.

– Pourquoi mes provinces lituaniennes brûlent-elles encore?

– La fierté des Russes se heurte à la fierté des Lituaniens.

– Alors nous les anéantirons! rugit Ivan. Mais un pays ravagé ne donne pas de moissons. J'enverrai des colons! Je ferai venir des paysans allemands. Savoir régner, c'est ouvrir aux peuples des espaces neufs.

– N'est-il pas plus important de se faire aimer des peuples?

– Qui donc m'aime, Kourbski?

– S'il n'y en a qu'un, cela suffit. Je vous aime, sublime tsar.

Ivan retira son posoch et le remit dans son fourreau; puis il ôta son casque et le jeta derrière lui. Un streltsy le ramassa.

– Andrei Michaïlovitch, tu es mon ami, dit Ivan à mi-voix, continuons de chevaucher ensemble.

Kourbski, surpris, répondit d'un signe de tête. Il adressa un geste à Loudenski, puis il suivit Ivan.

Lorsqu'ils se trouvèrent assez éloignés pour n'être pas entendus, le tsar arrêta son cheval :

– Tu connais le boyard Chemski? Il m'a envoyé un courrier. Kourbski, je le ferai tuer.

– Le courrier?

– Lui... et Chemski. Sais-tu ce qu'il affirme? Le médecin allemand von Trottau serait l'amant de la tsarine. Kourbski, tu connais Trottau! (Il saisit le prince aux épaules et le secoua :) Kourbski! tu me l'avais recommandé! S'il m'a pris Maria, vous serez tous condamnés. Tu sais mon amour brûlant pour Maria. Toi, mon ami d'enfance, tu le sais mieux que tout autre. Ne pense pas à ta tête, ne pense qu'à ton serment : Trottau oserait-il aimer la tsarine?

– La tsarine ne s'éprendra jamais d'un domestique.

– La tsarine! Elle a dans les veines le sang violent des Tcherkesses. Me voici loin de Moscou, et ce Trottau est auprès d'elle. Il peut toucher son corps et la voir nue. Kourbski, est-ce possible... La jalousie me déchire, mon ami!

Kourbski regarda le tsar. Le voici comme un ver piétiné qui se tord, pensa-t-il. Mais si je dis que Trottau peut aimer la tsarine parce qu'il est homme et qu'elle est une femme radieusement belle et au sang chaud, ce ver se transformera en un satan flamboyant.

– C'est impossible, seigneur, articula lentement Kourbski, je connais Trottau. Il est médecin avant tout. S'il lui faut toucher le corps de la tsarine, ce corps n'est pour lui qu'un objet des plus respectables auquel sont destinés ses soins médicaux.

– Chemski mentirait donc?

– Il doit mentir. Nous connaissons tous Chemski, c'est un homme envieux et orgueilleux qui attend depuis des années un poste de gouverneur.

Kourbski éprouvait une angoisse terrible à parler ainsi. C'est la condamnation à mort de Chemski, pensait-il. Mais quiconque dépend d'Ivan doit rester indifférent au sort des autres.

– Il l'aura son poste de gouverneur, répondit Ivan : je le nommerai gouverneur de la ville des morts! Kourbski, je resterai deux jours avec toi, puis je retournerai à Moscou. Le courrier sera pendu et Chemski aura une mort lente, effroyable...

Il mit un bras autour des épaules de Kourbski et le regarda avec un large sourire, tandis que ses yeux froids prenaient une expression presque joyeuse. Mais quelque signification que pût prendre son regard, ils restaient noyés dans l'éclat figé de la démence.

– Mon ami, reprit Ivan très ému, je veux voir ta femme et ton fils, je veux être heureux au sein d'une famille heureuse. Je suis un pauvre chien. Kourbski, partout je n'ai que des ennemis, tu es mon seul ami.

Kourbski répondit par une inclinaison de la tête. Quelque chose lui étreignait le gosier. L'affection du tsar était ce que celui-ci pouvait lui offrir de plus dangereux...

Le prince Chemski, après les caresses épiées dans le parc de Sagorsk, avait mis trois serfs sur les traces des amants.

Il pensait au corps radieux, à la peau nacrée de Maria et au désir qu'il avait d'elle, désir qui s'était trouvé si proche de son assouvissement... jusqu'à l'instant où le médecin étranger était apparu et la lui avait ravie dès le premier regard.

– Je fournirai des preuves au tsar, dit Chemski à haute voix. Six yeux verront chaque baiser, chaque étreinte, chaque caresse. Ce maudit médecin ne m'échappera pas.

Trois jours plus tard, les yeux de ses serfs étaient rendus aveugles et leurs langues devenues muettes. Souvenir de la sublime tsarine.

Chemski réclama son cheval dans un sursaut de colère et, en toute hâte, quitta Moscou pour se retrancher dans une terre au sud de la ville.

Un courrier venant de Lituanie était en chemin portant l'ordre de tuer Chemski. Il avait également pour mission de remettre dix roubles d'or au médecin Andreas von Trottau ainsi qu'une lettre d'Ivan dont la dernière phrase était : « Je te remercie de ta fidélité. »

3

Andreas von Trottau ne sut pas que trois victimes avaient payé pour ses amours. Maria passa sous silence son atroce vengeance, mais elle ne faisait plus venir Trottau que la nuit, en lui envoyant une de ses femmes. Elle ne cessait de se plaindre de maux de tête, de courbatures, de douleurs dans les jambes.

A plusieurs reprises, Trottau donna des soins à la tsarine en présence des dames de la cour. Pleines de respect, silencieuses, elles restaient assises, le dos contre le mur, tandis que Trottau examinait la tsarine et massait ses belles jambes parfaitement saines avec un onguent très aromatique. A la fin il disait : – Sublime tsarine, essayez de marcher!

Et la tsarine se levait de son grand lit, esquissait quelques pas hésitants, puis levait les bras dans un geste dramatique en criant : Je tiens debout! Trottau m'a guérie! Quel médecin prodigieux! Voyez donc, oies stupides, voyez donc... je marche comme sur des nuées! (Elle traversait plusieurs fois sa chambre de long en large en jouant sa guérison avec une telle perfection que Trottau passa bientôt pour le meilleur médecin de l'univers.)

Il était naturel que le médecin particulier de la tsarine veille à son chevet les nuits de graves malaises. On les laissait seuls pendant les heures de nuit et la passion les dévorait si fort que Maria, parfois, devenait hystérique au milieu de leurs étreintes.

– Quel ours tu fais! disait-elle, lorsque Trottau, le matin venu, remettait son vêtement noir. Andrei, tu m'appartiens, le sais-tu?

– Je suis un médecin libre, tsarine.

– Où étais-tu hier toute la journée?

– Dans mon officine, dans la forêt et dans mon jardin. Ensuite, j'ai examiné dix-neuf malades, des fonctionnaires de la cour.

– Des femmes aussi?

– Trois dames de la cour.

– Qui? Je les ferai fouetter! (Maria bondit hors de son lit comme un chat sauvage, et, se jetant sur lui de tout son poids, elle le renversa par terre :) Tu ne toucheras plus que moi! Entends-tu? cria-t-elle. Aucun autre corps que le mien, tu es mon médecin! Mon médecin!

Soudain, elle s'immobilisa, prit son visage entre ses mains et se mit à le couvrir de baisers. Puis elle pleura de bonheur. Trottau la porta sur son lit et caressa ce corps radieux jusqu'à ce qu'elle s'endorme comme un enfant auquel on raconte un conte de fées.

Trois jours après l'énucléation des trois serfs, la tsarine fit appeler son médecin vers midi.

– Les murs les plus épais ont des oreilles et les plus aveugles peuvent voir, dit-elle à Trottau lorsqu'il parut devant elle avec sa trousse de médecin. On nous épie, Andrei.

– Soyons plus prudents, sublime tsarine. Supprimons les consultations nocturnes.

Trottau sortit de sa trousse des fioles de médicaments. Il les exhibait sans cesse et les disposait autour de lui comme un rempart contre les soupçons. Défense puérile! Pourtant elle le protégeait encore.

– J'anéantirais plutôt toute la ville de Moscou!

– Un amant mort est un piètre amant, tsarine.

– Ils croient tous pouvoir nous surprendre! Quels imbéciles! (Elle attira Trottau auprès d'elle sur le lit et chercha, sous les épaisses fourrures, une feuille d'épais parchemin sur lequel était tracé tout un lacis de passages, un véritable labyrinthe parsemé de pièces, de corridors, d'escaliers et de portes dérobés.) Sais-tu ce que c'est? La ville souterraine située sous le Kremlin! Avec ses passages à peine connus, ses escaliers que nul n'a gravis... (Elle passa une main sur le plan :) Tout ce que tu vois ici se trouve au-dessous de nous, dans le sol... Il a fallu deux ans pour que deux de mes serfs terminent le dessin de ce plan. Je les ai tous parcourus, ces passages. Sept d'entre eux conduisent à cet escalier. Les vois-tu? Et celui-ci débouche dans l'appartement du tsar, où une trappe a été pratiquée dans le parquet... On peut ainsi quitter le Kremlin sans être vu. Ce passage a une issue dans le jardin. Un gros buisson la dissimule. La porte est enfouie sous les hautes herbes. (Maria entoura d'un bras les épaules de Trottau :) Examine-la consciencieusement, mon ours blond... C'est l'entrée de ton chemin jusqu'à moi, le long duquel nul ne pourra t'épier!

Trottau étudia ce plan déconcertant et s'en fut jusqu'à la pièce de travail du tsar. Là, il souleva la trappe et descendit l'humide escalier de pierre.

– Donne-moi une torche, dit-il. J'ai enregistré tout le parcours dans ma mémoire. Je ressortirai par le jardin. Dans une heure, je t'enverrai un serviteur.

– S'il n'est pas là dans une heure, j'enverrai toute une meute de streltsy dans les souterrains!

La tsarine sortit vivement deux torches des anneaux de fer qui les supportaient, les enflamma et les tendit à Trottau qui, les ayant prises, s'engagea prudemment dans le labyrinthe. Bien qu'il eût imprimé dans sa mémoire l'ensemble du plan et divers points de repère, il se mit à compter. Il avait déjà passé trois corridors latéraux devant lesquels il s'était arrêté pour en éclairer l'intérieur. C'étaient des passages semblables à celui qu'il suivait, lequel devait se terminer dans le jardin : des parois de pierres nues, suintantes d'humidité, dont émanait une odeur de moisi ainsi qu'un froid de caveau, le tout baigné dans un silence écrasant.

« C'est une tombe gigantesque, pensa Trottau. Qui l'a creusée? »

Il poursuivit son chemin. Au quatrième couloir latéral, il tourna sur la gauche et parvint, au bout de quatre-vingt-dix pas exactement, à un escalier qui se terminait devant une épaisse porte de fer. Trois verrous en assuraient la fermeture. Trottau fit jouer les targettes rouillées et d'un coup d'épaule souleva le battant de la porte.

Trottau vit alors de l'herbe, une branche, un rayon de soleil sur une timide petite fleur; il s'appuya de tout son poids contre la lourde porte qui tourna enfin sur ses gonds. Il se retrouva à l'air libre, couché à l'abri d'un buisson épais, en bordure du jardin situé derrière le palais du tsar.

Afin de faire une surprise à Maria, Trottau ne rentra pas chez lui, mais reprit l'itinéraire souterrain jusqu'à l'escalier de la chambre du tsar. Soudain, il se trouva devant la tsarine, tenant à la main les torches à demi consumées.

– Mon ours blond! s'écria Maria tendrement, nous avons trouvé le chemin du ciel!

Il ne se doutait pas qu'ils se trouvaient bien plus proches de l'enfer.

Neuf nuits de suite, Trottau utilisa les couloirs souterrains pour arriver auprès de Maria.

Les espions du prince Chemski étaient désemparés et ne pouvaient lui faire savoir autre chose que : la tsarine reste seule. Il semble que le médecin allemand soit tombé en disgrâce.

– Vous êtes devenus aveugles! criait Chemski.

La peur lui nouait la gorge. Son courrier devait avoir rejoint le tsar depuis longtemps déjà. Si Ivan revenait, il demanderait des preuves de ses accusations. Mais les seuls à avoir vu quelque chose avaient été rendus aveugles et muets. Quant aux nouveaux espions, ils n'avaient aucune preuve.

Iouri Alexandrovitch Chemski devinait que le retour du tsar serait terrible pour lui. Dans son cas, la fuite était sans espoir. La Russie, c'était la main même du tsar, et il voyait tout ce qui se passait dans cette main.

Au cours de la neuvième nuit, Trottau oublia de compter les couloirs ouvrant sur le passage qu'il suivait. Il était devenu trop sûr de lui et continuait d'avancer... Soudain, il pénétra dans de grandes chambres qu'il n'avait encore jamais vues. Alors seulement, il se rendit compte qu'il avait suivi un mauvais itinéraire qui l'avait mené dans une partie inconnue de la cité souterraine.

Trottau serra les dents et poursuivit son chemin. « Toujours droit devant moi, se disait-il. J'arriverai bien quelque part, tout labyrinthe a son issue : l'infini n'existe qu'au-delà des étoiles... »

Il continua et vit soudain des anneaux de fer fixés au mur, semblables à ceux dans lesquels on plante des torches, ce qui prouvait que cette partie des souterrains avait été habitée. Trottau projeta sa lumière sur les murs et entrevit des pièces dans lesquelles des dalles de pierres recouvraient la terre battue.

Puis il fut frappé d'épouvante lorsque, derrière lui, retentit une voix sourde :

– Ne bouge pas, petit frère!

Un être humain! Ici, sous terre! Lentement, Trottau se retourna.

Jusqu'alors, Andreas von Trottau n'avait connu que deux situations extrêmes et qui avaient menacé dangereusement sa vie. La première eut lieu dans le palais du prince Kourbski. Il s'était incliné devant le tsar, mais sans servilité, car il se sentait un homme libre. Ivan IV avait dit : – Cet homme doit être malade, Kourbski, car il ne peut pas baisser la tête! Mais le prince avait répondu : – Grand tsar, c'est un médecin allemand.

Pendant un bref instant, Ivan avait considéré de ses yeux de rapace ce grand garçon svelte et blond, puis il avait éclaté de rire : Si les maladies ont aussi peur de lui qu'il redoute peu le tsar, je l'emmène avec moi à Moscou!

La seconde fois, Trottau avait eu le souffle coupé lorsqu'il s'était trouvé en présence de Maria, la plus belle femme qu'il eût vue jusqu'alors. Et quand il eut la permission de la toucher, il éprouva une étrange angoisse, qui ne disparut qu'au matin, en quittant la chambre de la tsarine.

Mais à présent, ici, dans les profondeurs de la terre, en dessous du Kremlin, dans ce labyrinthe de couloirs aux relents de pourriture, il subit le choc le plus brutal de son existence.

Une femme lui faisait face. Des cheveux gris, un visage plat, également grisâtre, où deux yeux brûlaient au fond de profondes orbites; une bouche aux lèvres exsangues. Elle était vêtue d'une sorte de longue chemise, en forme de sac, et qui descendait jusqu'au sol visqueux. Créature livide. Véritable cadavre qui cependant parlait, marchait et pensait.

La femme le fixait. Trottau, qui l'examinait de haut en bas, vit que sa main droite était crispée sur un poignard courbe.

– Comment êtes-vous venue ici, petite mère? demanda Trottau. (Sa voix résonnait, sourde, dans ce sépulcre.)

– C'est moi qui devrais te poser cette question!

La femme lui barrait le passage. Son visage ne trahissait aucune émotion. Ce n'était qu'une tache grise où remuaient des lèvres.

– Tu viens du néant et tu disparais dans le néant. Je t'ai déjà vu ici quatre fois. Que veux-tu?

– Ressortir par le jardin ou rejoindre l'escalier aboutissant à la chambre du tsar.

– Il n'y a pas d'escalier dans la chambre du tsar. (La femme éleva son poignard.) Tu mens! Qui cherches-tu par ici?

– Personne, petite mère, crois-moi. (Trottau planta sa torche dans l'un des anneaux de fer rivés au mur.) Jusqu'à cet instant, j'ignorais que je n'étais pas seul dans ce monde souterrain. Si tu m'as observé, tu dois savoir où j'ai été.

– Je n'ai fait que te suivre jusqu'à ce que tu sortes de nos chambres.

Des chambres! Elle appelait ces fosses tombales des chambres! Comment pouvait-on les habiter? Trottau s'essuya le front.

– Où suis-je ici, petite mère? dit-il, le souffle court.

– Dans la demeure d'Igor Igorovitch Blattiev.

– Où? Dans une maison? Mais pas au-dessous du Kremlin?

– Bien sûr que tu es au-dessous du Kremlin! Tu fais l'innocent, petit frère! Tu venais nous espionner, avoue-le! Tu es chargé de rapporter ce que nous faisons ici lorsque le maître n'a pas besoin de nous, hein? Dis-leur là-haut que nous vivons fort bien, que nous ne désirons rien, et que nous sommes de fidèles serviteurs du sublime tsar, c'est-à-dire les rats les plus obéissants de ce monde...

– Nous? Tu n'es pas seule ici, petite mère?

– Tu ne me tireras pas les vers du nez! (La femme fit un geste de son poignard courbe en direction du couloir. Si, jusqu'alors, elle avait parlé avec assurance, sa voix devint timide :) Tu peux t'en convaincre, et ensuite va faire ton rapport là-haut; nous n'avons pas trahi la confiance du tsar.

Trottau reprit sa torche fichée dans l'anneau mural et suivit le couloir dallé. La femme marchait derrière lui, silencieuse, fantomatique.

– Où allons-nous, petite mère? reprit Trottau.

L'angoisse grandissait en lui, paralysante.

– Tu connais le chemin, œil du tsar!

– Petite mère, écoute-moi : je n'ai pas été envoyé par le tsar qui est actuellement en Lituanie. Je suis allemand et n'habite ici que depuis peu de temps. Je suis médecin de la tsarine...

– Un médecin? Ici, dans ce souterrain, un médecin? (Le spectre gris se mit à rire :) Pourquoi nous envoie-t-on des menteurs aussi maladroits?

– Je suis vraiment médecin, petite mère, et je soigne la tsarine; la connais-tu?

– Tu ne me tromperas pas. (La vieille se renfrogna de nouveau :) Je ne répondrai pas.

– La tsarine a de longs cheveux noirs.

– N'importe quel galopin sait cela, à Moscou!

– Son œil gauche est un peu plus clair que le droit!

– Nul ne peut s'en assurer.

– Lorsqu'elle rit, elle pose ses mains sur sa poitrine.

– Et lorsqu'elle fait l'amour avec le tsar?

– Je n'en sais rien. Le tsar est en Lituanie. Mais lorsqu'elle fait l'amour... (Trottau fit une profonde aspiration. Voilà qui peut me coûter la vie, pensa-t-il, mais il faut que j'approfondisse ce mystère situé en dessous du Kremlin.) Lorsqu'elle l'embrasse, reprit-il, elle rejette la tête en arrière et semble planer dans les bras de son amant.

La vieille femme s'adossa soudain à la muraille humide et dissimula son long couteau derrière son dos :

– Ce n'est pas vrai! balbutia-t-elle. Ô Jésus! au

nom des larmes de ta mère... Vous êtes vraiment médecin? (Elle tomba à genoux et toucha les dalles de son front :) Grâce, seigneur! Bats une femme stupide, mais laisse-la en vie! Grâce!

– Au nom du ciel, relevez-vous, petite mère! (Trottau se pencha, releva la femme et, lorsqu'elle voulut lui baiser la main, il la repoussa :) Je me suis égaré, où suis-je ici? dit-il.

– Un médecin, balbutiait de nouveau la femme dont les yeux ruisselaient de larmes.

Trottau était tellement ébranlé par ce spectacle qu'il ne repoussa pas la vieille lorsqu'elle retomba à genoux devant lui.

– J'ai prié, dit-elle. Ici, sous terre, on peut aussi prier. J'ai prié pendant quatre ans. Mais je me suis dit qu'il faudrait du temps avant que mes supplications parviennent jusqu'à Dieu. Les murs sont tellement épais et puis il y a encore par-dessus la terre et le Kremlin! Mais il faut tout percer patiemment et je me suis placée devant les bouches d'aération, c'est bien là le chemin le plus court, et j'ai prié. Dieu du ciel, Sainte Mère, et toi fils plein de douleurs, ne nous oublie pas! Suscite un prodige dans ces profondeurs! Et ce prodige a eu lieu : vous êtes médecin...

– Quatre ans? reprit Trottau. Tu as vécu quatre ans sous terre?

– Vingt ans, seigneur. Ici en bas, Igor engendra son enfant; ici, Xenia est née. Il y a un mur de pierre où je marque chaque jour écoulé. Vous pourrez faire le compte! Chaque trait est un jour. Cela fait vingt ans.

La vieille essuya ses larmes du dos de sa main et, passant devant Trottau, elle avança dans le couloir :

– Venez! cria-t-elle. Oh! mon Dieu! mon Dieu, un médecin! (Soudain, elle poussa un cri déchirant que renvoyèrent en écho les murs alentour :) Igor! Igor! un médecin!

Le couloir s'élargissait. Puis, après un brusque tournant, Trottau s'arrêta comme ébloui. Des torches flamboyaient sur les murs et sur des consoles de pierre, la clarté douce des lampes à huile faisait des reflets dansants. La fumée s'en allait par des trous percés dans les voûtes. Sans doute correspondaient-ils à des conduits d'évacuation.

Dans l'encadrement de la porte qui ouvrait sur cette salle illuminée se tenait un homme, moins grand que Trottau, mais large comme un coffre de chêne et vêtu d'un pantalon plissé. Ses jambes étaient emmaillotées de chiffons. Par-dessus, il avait passé une vaste chemise de paysan et une veste ouverte en peau de loup. Trottau ne pouvait distinguer son visage, entièrement recouvert par ses cheveux gris. Seuls, ses yeux brillaient dans cet enchevêtrement de poils au-dessus de la fente étroite de la bouche. L'homme dévisagea Trottau.

– C'est Igor Igorovitch Blattiev, mon mari, dit la femme. Je suis Massia Fillipovna. Il n'est pas impoli, seigneur. Bien qu'il n'aille pas au-devant de vous en remerciant Dieu de votre visite, voyez, dans ses yeux, comme il se réjouit! Mais il ne peut pas s'exprimer : le tsar lui a fait arracher la langue.

Le boyard Chemski crut à une visite amicale lorsqu'il vit descendre de cheval, devant sa demeure, les princes Iouriev et Basmanov, accompagnés d'une suite peu nombreuse. Chemski éprouva même un vague sentiment de joie, car ces deux personnages passaient pour être des amis du tsar.

S'ils surgissaient sur ses terres, cela signifiait que le tsar avait écouté le courrier envoyé par ses soins et qu'il avait chargé ses fidèles amis d'exprimer à Iouri Alexandrovitch Chemski sa bienveillance particulière.

Chemski se ceignit la taille d'une ceinture ornée de médailles d'or à laquelle était suspendue une dague recourbée, puis il s'en fut au-devant des visiteurs : Longue vie au tsar, mes amis! s'écria-t-il, sur le seuil. Quel jour heureux pour ma maison!

– Longue vie au tsar! s'écrièrent aussi Iouriev et Basmanov.

Puis, ayant adressé un signe à leurs cavaliers, ils restèrent debout devant leurs montures.

Avant même que Chemski eût compris, on s'était saisi de lui, on avait tiré ses bras derrière son dos puis arraché son bonnet d'un coup violent. Un deuxième coup fit éclater ses lèvres. Le sang ruissela sur son visage.

– Comment me traitez-vous, amis? balbutia-t-il.

Le troisième coup lui coupa la parole. Il crachait du sang et tomba à genoux. Quatre cavaliers le conduisirent jusqu'à Iouriev et Basmanov qui l'attendaient, immobiles.

– Comment est-il possible d'agir aussi bêtement? demanda Iouriev lorsque Chemski se trouva devant lui. Tu as fait espionner la tsarine? Tu as soupçonné l'épouse bien-aimée du tsar?

– J'ai dit la vérité, râla Chemski. Mes amis, j'ai vu de mes yeux...

– N'est vrai que ce que le tsar considère comme tel!

Basmanov tira de son costume de cheval, rehaussé d'or et bordé de zibeline, un petit rouleau de parchemin que Chemski reconnut aussitôt;

c'était sous cette forme qu'Ivan expédiait ses lettres à travers l'immense Russie.

– Laissez-moi m'expliquer avec le tsar, reprit Chemski péniblement. Petit frère, ne déroule pas cette lettre, menez-moi auprès du sublime tsar.

– Il s'est déjà entretenu avec toi. Le tsar n'aime pas les paroles inutiles. Je vais te lire ce qui suit.

– Attendez! cria Chemski avec ses dernières forces. Ecoutez les témoignages! Pourquoi n'interrogez-vous pas le médecin allemand?

– Demande-le au tsar! (Basmanov tenait la lettre des deux mains :) « Au nom du tsar couronné par la grâce de Dieu, la vie de Iouri Alexandrovitch Chemski est rendue à Dieu. Puisqu'il est un homme fier, il mourra debout. »

Chemski fut pris de frissons et tomba à genoux. Mais les cavaliers l'obligèrent à se relever et le remirent sur ses pieds. Un énorme streltsy barbu, qui assistait à la scène dans une immobilité totale, vint se placer devant Chemski et considéra d'un regard fixe ses bottes de cuir de Russie rouges. Puis le streltsy fit tournoyer vivement sa pique et planta de toutes ses forces la pointe effilée dans le pied droit de Chemski.

Chemski ne hurla pas. Il grinça seulement des dents.

Le sang qui coulait sur son visage se mêla de sueur froide. La longue tige de la pique oscillait devant lui... Il était cloué au sol, devant sa jolie maison aux volets peints, au toit couvert de bardeaux bleus et rouges, aux murs ornés de festons de roses.

Les cavaliers, ayant allumé des torches, mirent le feu aux quatre coins de cette demeure dont le bois sec flamba en quelques minutes.

Le prince Basmanov poursuivit la lecture du verdict écrit par le tsar :

« Nul ne sera autorisé à le libérer. Nul ne s'approchera de lui pour lui venir en aide. Nul ne le touchera, car il serait à son tour frappé de mort. »

Basmanov roula de nouveau la lettre et regarda Chemski :

– Cela durera peut-être trois jours, dit-il à voix basse.

Iouriev et Basmanov se remirent en selle. Les crépitements de l'incendie qui dévorait la propriété de Chemski couvrirent les claquements des sabots de la troupe qui s'éloignait. Quelques streltsy restèrent sur place. Ils se relayèrent à gauche et à droite du condamné, afin de surveiller cet homme qui tremblait de douleur, les yeux rivés à l'incendie et qui sentait lentement, très lentement, dans sa jambe droite clouée, monter la mort.

Pendant deux jours et trois nuits, Chemski vécut encore. La fièvre faisait rage en lui. Il n'était plus capable d'aucune pensée. Devant ses yeux, le monde se fondait en un brouillard incandescent. Il ne sentait plus la souffrance, mais seulement un froid glacial, bien qu'il se trouvât en plein soleil sans la moindre protection et que la chaleur torride de l'incendie passât sur lui.

Lorsque Chemski mourut, le vent se leva et dispersa sur son corps les cendres chaudes. Ainsi la maison le recouvrit-elle d'un linceul.

– Un prodige s'est accompli pour nous! dit Massia Fillipovna en étreignant son époux. Un médecin! Celui de la sublime tsarine!

Igor Igorovitch Blattiev secoua son corps massif

et émit quelques grognements affreux à entendre; mais sa femme parut le comprendre, comme si ces sons à la résonance tragique étaient de véritables paroles. Elle se retourna vers Trottau :

– Il dit qu'il n'y a pas de prodiges. Pardonnez-lui, sa profession lui a durci le cœur!

– Que faites-vous dans ces caves? demanda Trottau qui se sentait comme paralysé. Pourquoi le tsar lui a-t-il fait arracher la langue?

– C'était Wassili, le grand tsar.

Massia haussa les épaules. Pourquoi, donnerait-elle des explications? Il y avait si longtemps de cela! C'était arrivé à l'époque où l'on se procura pour la première fois des ours, alors que le tsar Wassili, secondé par ses amis, faisait creuser ces passages souterrains sous le Kremlin et qu'il avait besoin d'un homme capable de se taire – à jamais.

Le choix tomba sur Blattiev, par pur hasard. Mais Blattiev était fort comme un taureau et, fidèlement attaché au tsar, il le resta, lorqu'une éternelle mutité lui fut imposée.

Alors ils descendirent dans ce sépulcre de pierre sous le Kremlin. En ce temps-là, Massia avait vingt-trois ans et Blattiev trente. A compter de ce jour, il ne quitta plus ce labyrinthe de passages et de pièces souterrains. Il vécut à la lueur des torches et des lampes à huile, dans l'odeur des moisissures, entouré de murailles suintantes, poursuivant la tâche que le tsar Wassili avait transmise à son fils Ivan et pour laquelle il convenait que Blattiev fût à jamais muet.

Petit frère d'Allemagne, pensait Massia, bien que tu sois médecin, à quoi bon parler de tout cela, maintenant!

– C'est un témoignage de confiance qui l'honore,

répondit simplement Massia : on lui a confié une mission qui exige le silence... (Elle jeta un regard affectueux au monstre muet et barbu.) Il est heureux, croyez-moi. Puis Xenia est née et depuis quatre ans, je supplie le tsar de nous envoyer un médecin. Mais il ne m'écoute pas. Un jour, je me jetai à ses pieds, mais il poursuivit son chemin en me marchant dessus comme s'il s'agissait d'une marche d'escalier... Et voilà que vous vous égarez par ici... (Elle regarda Blattiev :) Il y a des miracles, Igorenka.

A nouveau, Blattiev poussa un cri sourd, inhumain, puis il s'inclina longuement et resta dans cette attitude de profonde humilité, en parfait accord avec la tombe où s'écoulait sa vie...

– Il dit que Dieu lui pardonne de ne point vous tuer, car quiconque, à part le tsar et la tsarine, paraît ici doit être supprimé. Igor vous oubliera comme si vous n'étiez jamais venu!

– Mais je suis ici et je vois des êtres humains dont on a volé la vie!

Trottau regarda autour de lui. Ici, les voûtes souterraines étaient différentes. Il avait remarqué la bonne aération de cette salle et il vit, à la clarté des torches, que plusieurs pièces ouvraient sur le carrefour où ils se trouvaient. C'étaient des alcôves et des chambres, défendues par de lourdes portes blindées de fer. Trottau aperçut une table, quelques sièges, un bahut contre la muraille nue et, sur une étagère, une rangée de pots de terre. C'était l'intérieur d'un enterré-vivant. L'univers du silence de Blattiev.

– Regarde-moi, Igor Igorovitch, dit Trottau en effleurant de la main l'homme toujours incliné devant lui. Serait-ce que tu as la garde de quelque chose? Est-ce ici que des prisonniers disparaissent? On dit au Kremlin qu'ils sont présentés au tsar et qu'on ne les revoit plus jamais!

Massia lui fit signe de ne pas poursuivre :

– Vous êtes médecin, ce sont les malades qui vous regardent, pas davantage!

– Je ne suis pas seulement médecin des êtres vivants. Je guéris aussi la justice frappée de maladie!

Massia Fillipovna frappa ses mains l'une contre l'autre :

– Combien de temps voulez-vous vivre, seigneur? Venez! Suivez-moi!

– Où? Je veux savoir auparavant ce que Blattiev a mission de garder ici!

– Tu vas le voir.

Avec un rugissement, Blattiev se jeta entre sa femme et Trottau. Il leva les bras et recourba ses doigts comme des griffes. Sa grosse tête oscillait. Il faisait songer à un ours qui balance son crâne derrière les barreaux de sa cage, excédé par l'affreuse monotonie de sa captivité.

Blattiev ouvrit la bouche. Les sons gargouillants qu'il émettait se bousculèrent. Puis il serra ses poings l'un contre l'autre et grinça des dents. Soudain, Trottau le comprit : Si tu avances encore, si tu suis Massia, toi aussi tu resteras à jamais sous terre!

Avec une force que Trottau n'eût jamais soupçonnée chez cette femme, Massia saisit son mari aux épaules et le fit virer sur lui-même. Trottau la regardait secouer cet homme massif, comme s'il n'était qu'un sac rempli d'os :

– Que m'importe le tsar! cria-t-elle. Le tsar m'a-t-il écoutée? Depuis quatre ans, je le supplie : un médecin, seigneur, une fois seulement un médecin! Mais lui m'a piétinée et s'est même appuyé sur son posoch enfoncé dans mon dos! Veux-tu voir la cicatrice qui m'en est restée? Veux-tu? Regarde! Regarde!

Elle arracha son vêtement de ses épaules. Une peau grise parut, un large dos et, sur l'épaule gauche, une cicatrice en dents de scie, rouge et enflée : la marque imprimée par la pointe de fer acérée du posoch.

Blattiev jeta une plainte rauque, saisit le haut de la robe de Massia et le replaça sur ses épaules. Puis il enfouit son visage dans ses mains et se tourna contre le mur.

– Venez, dit Massia à Trottau. Venez voir ce qu'il en est! Une mère n'a peur de rien, pas même du tsar! Votre petite mère était-elle aussi comme moi?

– Je l'ai à peine connue, elle est morte jeune. (Trottau s'approcha de Blattiev et, le saisissant par une épaule, le tourna vers lui :) Je te comprends, tu as peur! Mais quoi qu'il me soit donné de voir, je sais me taire, comme toi.

Blattiev posa sur Trottau un regard suppliant. Il savait le péril que représentait un seul mot prononcé sur ce domaine souterrain en dessous des fondations du Kremlin.

Aie pitié, disaient ses yeux. Certes, Massia est une brave femme. N'a-t-elle pas enduré pendant vingt ans la vie dans cette tombe? Et pourtant, on s'habitue à se passer de langue. Quand le tsar descend jusqu'ici, à la lueur des torches, on baisse le front, on exécute ses ordres comme un bœuf sous le joug. Nous sommes nourris et nous vivons en paix depuis vingt ans. Mais va... suis ma Massia...

suis-la, il sera toujours temps, après, de décider de ton sort...

– J'ai la confiance de la tsarine, répondit lentement Trottau en regardant le muet au fond de ses yeux où se lisaient toutes ses pensées. Dois-je lui parler de vous?

Blattiev leva les bras avec un cri.

– Non! jeta Massia, ce serait notre mort, tu le comprendras lorsque tu auras tout vu. Viens-tu enfin! ajouta-t-elle en cessant de le traiter de seigneur et en l'accueillant, par ce tutoiement, dans leur communauté souterraine.

Trottau la comprit et la peur le quitta tout à fait.

– Que puis-je faire ici? dit-il.

– Nous aider, petit frère, si tu le peux encore, ajouta Massia à voix basse.

Ils suivirent un couloir jusqu'à l'une de ces lourdes portes. Massia la poussa et s'effaça pour le laisser passer.

Cette pièce, aux murs de pierre, était vivement éclairée. Un lit, recouvert de fourrures, se trouvait contre le mur du fond et, sur ce lit, il y avait une créature humaine qui fixa Trottau de ses grands yeux bleus.

Une créature diaphane aux longs cheveux blonds qui tombaient jusqu'à terre. Une jeune fille tellement irréelle et jolie, triste et distante, que Trottau s'arrêta sur le seuil, incapable d'avancer d'un pas.

– C'est Xenia, dit Massia. (Sa voix trahissait un monde de ravissement et de tendresse maternelle.) Notre fille.

4

Trottau s'arracha à sa torpeur en entendant derrière lui les pas lourds de Blattiev. Il sentit son haleine dans sa nuque, mais les sons inarticulés qui sortaient du gosier de ce malheureux ne l'impressionnaient plus. Il regardait Xenia.

Est-ce possible? pensait-il. Une fleur dans une tombe! Une fleur de clarté, fragile comme un flocon de neige, dont les yeux vivent, dont la poitrine respire, dont les cheveux scintillent à la lueur des torches comme si d'innombrables gouttes de rosée y étaient restées suspendues.

– Il te prie d'examiner Xenia! dit Massia Fillipovna. Tu ne sais pas quel prodige est pour nous ta présence! Jamais un médecin n'est venu ici. Lorsque Xenia est née, Igor m'a aidée. J'ai eu mon enfant comme une mère souris, là-bas, dans ce coin, sur les dalles de pierre. Mais quelle belle fille elle est devenue! Pourtant elle paraît malade... si elle vit, c'est comme une torche qui flamboie en s'amenuisant de plus en plus. Finalement, elle ne sera bientôt plus qu'une minuscule étincelle, jusqu'à l'instant où elle s'éteindra. Notre enfant, notre soleil se consume chaque jour davantage, comme si elle s'usait à être si jolie.

Massia Fillipovna s'effondra, les mains jointes, devant Trottau et appuya son visage contre ses genoux :

– Viens-lui en aide! balbutia-t-elle. Sauve-nous! Que devons-nous faire?

Par-dessus la tête de Massia, Trottau observait Xenia. Elle lui souriait. C'était un sourire triste, irréel, tel celui d'une vierge sur les icônes à fond d'or dans les églises.

– Je ne suis pas malade, dit-elle. (Trottau sursauta. La voix de Xenia était claire et précise, d'une sonorité pleine de vie dans cette tombe. Voix tellement remplie de jeunesse que Trottau sentit un frisson courir le long de son épine dorsale.) Ils prétendent continuellement que je suis pâle... Comment les croire? Je me regarde dans un miroir et je vois que je ne change pas : et l'on change lorsque l'on est malade! Petite mère avait une fois la fièvre, son visage était rouge et ses genoux pliaient de faiblesse... Quant à moi, je n'ai jamais le visage rouge... je n'ai pas perdu mes forces... pourquoi serais-je malade?

– Il y a d'autres maladies que la fièvre, répondit Trottau.

Ces mots, il les articula avec une peine extrême, tant son gosier était noué.

Massia se cramponna à ses mains :

– Guéris-la, supplia-t-elle.

Derrière lui, il entendait les sons informes que proférait Blattiev. Il me supplie aussi, pensa Trottau. (Et cette émotion faillit lui causer un malaise.) Il me supplie, ce monstre sans langue qui est le père de cet ange. Cela seul est déjà un prodige.

– Il faut que je l'examine, expliqua Trottau péniblement.

– Dieu t'en récompensera, petit frère! (Massia se leva :) Xenouchka, c'est un médecin fameux, celui de la tsarine...

Un éclair traversa les yeux de la jeune fille : résistance, haine, curiosité, nostalgie... qu'était-ce? Son visage s'anima mystérieusement et perdit de son irréalité : elle s'humanisait.

– Va-t-elle mourir? demanda Xenia sans préambule.

Trottau eut de nouveau un réflexe d'extrême étonnement :

– Non!

– Pourquoi n'est-elle pas malade et ne meurt-elle pas?

– C'est une sotte enfant! Ne l'écoute pas! s'écria Massia avant que Trottau ait pu répondre.

Blattiev passa entre eux en les repoussant et marcha droit sur sa fille qu'il frappa au visage si brutalement que la tête de Xenia fut rejetée en arrière.

Il va l'assommer, pensa Trottau effaré. Repoussant Massia sur le côté, il fit un bond en avant et abattit ses poings sur la nuque de Blattiev.

Mais Blattiev ne bougea pas. Bien que Trottau n'eût rien d'une mauviette et qu'il eût conscience de la force de ses poings, le monstre secoua seulement la tête, comme s'il s'agissait de gouttes d'eau chues d'une crevasse ouverte dans la voûte. Il se retourna lentement et regarda tristement Trottau. De sa bouche s'échappaient de nouveau ces sons affreux, péniblement arrachés de son gosier. Massia traduisit :

– Igor Igorovitch regrette la méchanceté de sa fille. Nous aimons tous la tsarine. Il fallait corriger Xenia, nous devions cela à la tsarine.

Trottau regarda Xenia. Elle était toujours assise dans son lit et gardait la même attitude dans une immobilité presque complète. Et ses yeux avaient ce regard inexplicable et profond...

Quelle peur il faut qu'ils éprouvent à l'égard de la tsarine, pensait Trottau, pour que Blattiev puisse battre aussi cruellement ce qu'il a de plus cher!

– Laissez-moi seul avec Xenia, dit-il à haute voix.

C'était un ordre auquel Massia ne s'attendait pas. Hésitante, elle recula d'un pas, mais elle resta dans la pièce. Blattiev ne bougea pas. Il remonta les épaules et grogna sourdement.

– Pourquoi? demanda Massia.

– Vous avez dit que je devais examiner Xenia!

– Que le ciel t'en récompense, petit frère, mais permets-moi d'être présente.

– J'ai des questions à lui poser.

– Y aurait-il des questions qu'une mère ne puisse entendre?

– Cela me gêne beaucoup qu'on soit dans mon dos tandis que je procède à un examen. Même avec la tsarine, je suis seul.

– Tu mets aussi le tsar à la porte?

– Il ne s'est pas encore trouvé à Moscou depuis que je soigne la tsarine, mais lorsqu'il sera revenu et que l'on me fera venir auprès d'elle, il faudra bien quitter la pièce où elle se trouve!

– Il te fera pendre! Découper en quartiers, jeter aux ours!

– Quels ours?

– Assez!

Massia fit un geste et Trottau eut l'impression qu'elle en avait trop dit et qu'elle le regrettait. Blattiev aussi grognait sur une note plus basse, plus menaçante.

Il doit y avoir ici sous terre un secret maudit, pensa Trottau. Pourquoi vivent-ils ici, pourquoi a-t-on arraché la langue de Blattiev?

Il regarda de nouveau Xenia et lui adressa un petit signe. Ce mystère enterré sous le Kremlin l'intriguait fort. Son cheminement souterrain était devenu une recherche, un devoir; il voulait savoir la vérité au sujet des occupations de Blattiev et sonder l'âme de Xenia!

Trottau pensait à Maria qui là-haut l'attendait. Elle ne pouvait envoyer personne à sa recherche, sous peine de perdre la seule possibilité de vivre son amour secret. Sans doute, elle courait en tous sens dans son immense chambre à coucher éclairée par des torches, se jetait sur le lit couvert de fourrures, allait auprès de la trappe, en éclairait les alentours. Puis elle s'en éloignait vivement et se torturait d'inquiétude.

– Si j'examine Xenia, il faut qu'elle se déshabille, expliqua Trottau de sa voix calme de médecin.

– Si Xenia doit se dévêtir, elle obéira, mais Dieu et Igor Igorovitch te châtieront si tu nous trompes en même temps que Xenouchka!

Massia poussa son époux devant elle à travers la pièce. Il ne se défendait pas et obéissait, pataud, se contentant de gronder en sourdine. Trottau se retrouva seul avec Xenia.

Elle se leva de sa couche et saisit sa robe des deux mains afin de l'ôter. Son geste était sans honte et sans hésitation. Pourquoi eût-elle été gênée : quelle différence y avait-il entre être enfouie dans son vêtement en forme de sac et se trouver toute nue?

Xenia ignorait l'impression qu'un homme peut éprouver à la vue d'un joli corps féminin dénudé. Où l'aurait-elle apprise? Et comme elle aurait ri si on lui avait dit : Xenouchka, tu es ravissante, je t'aime! Elle ignorait aussi l'existence de l'amour, car elle n'avait jamais vu que ses parents, Massia et Igor.

Xenia passa donc sa robe par-dessus sa tête et se trouva nue devant Trottau :

– Où suis-je malade? dit-elle en s'appuyant contre la table.

Derrière la tenture masquant la porte, dans le contre-jour des torches, elle voyait une ombre massive : petite mère Massia veillait!

Trottau ne répondit pas. Il regardait ce corps merveilleux et pensait à la tsarine qui devait l'attendre, étendue sur son lit. Quelques coudées de terre et de dalles de pierre le séparaient d'elle. Là-haut régnait la vie des sens, mais ici, en bas, dans ce sépulcre moisi, végétait une fleur dont on ne pouvait dépeindre exactement l'étonnante beauté.

– Quel âge as-tu? demanda Trottau.

Il avait de la peine à parler avec calme sans passion. Il essayait de se concentrer sur la maladie pour oublier qu'il avait devant lui la plus belle fille du monde.

– Petite mère dit : dix-neuf ans.

– Tu n'as jamais été malade?

– Jamais.

– Tousses-tu?

– Petit père et petite mère toussent aussi! Ce n'est pas une maladie!

– Tourne-toi.

Elle se tourna et Trottau posa son oreille entre ses omoplates. Le contact de sa peau le fit presque défaillir. De ses pores émanait un parfum semblable à celui de l'herbe au soleil. Ce fut ce qui l'émut le plus profondément, ce parfum de vie, au fond d'une tombe.

– Respire, dit-il, la gorge sèche, respire encore très fort!

Xenia obéit et Trottau perçut aussitôt, avec une précision absolue et sans que le moindre doute fût possible, ce ronflement creux, railleur, comme si la mort se promenait, désinvolte, en sifflant sa chansonnette.

Voilà des poumons atrophiés, se disait Trottau, ils pourrissent dans ce beau corps! Quant à cette enfant, elle ne s'en doute pas. Elle va s'étioler de plus en plus et ressemblera vraiment à cette torche dont Massia vient de parler : ce ne sera bientôt plus qu'une petite étincelle qui finira par s'éteindre.

Xenia l'observait à travers le rideau de sa luxuriante chevelure d'or.

– As-tu trouvé la maladie, médecin de la tsarine?

– Je l'ai entendue dans mes oreilles...

– Ah! Et que t'a-t-elle dit?

– Elle m'a dit : il me faut du soleil, du vent, de la chaleur pour guérir et aussi le parfum des fleurs, l'air libre... voici ce que me dit la maladie... Sais-tu ce que c'est que le soleil?

– Petite mère m'en a parlé... (Xenia s'adossa au mur et croisa ses mains.) Le soleil, c'est quelque chose qui est suspendu là-haut au ciel et qui éclaire et chauffe.

– C'est exact et il faut que tu voies le ciel et le soleil, ce sera pour toi la meilleure médecine.

La lourde portière masquant la porte se souleva. Massia parut, indignée :

– Tu dis des bêtises! cria-t-elle.

Derrière elle, Blattiev avançait d'un pas lourd vers le centre de la pièce. Il tenait à la main un gros gourdin. Trottau bondit et se plaça devant Xenia pour la protéger.

– Tu sais fort bien que j'ai raison, Massia Fillipovna : ta fille étouffe ici!

– C'est impossible! Autant souhaiter qu'Igor

retrouve sa langue! En voilà un remède : l'air, le soleil!

– Elle est atteinte de phtisie! Massia, tu connais la maladie de ta fille aussi bien que moi!

– Faut-il que j'entoure ma fille de torches pour remplacer le soleil? Tu es un homme savant, trouve un autre remède.

– Ta fille ne guérira qu'en remontant à l'air libre.

– Impossible! cria Massia. Nous devons rester sous terre. Le tsar a défendu que nous remontions à la surface!

– Que m'importe le tsar! Je veux guérir Xenia.

– Nous serons guéris quand on nous étripera tous les trois devant le Kremlin! Tu es fou, petit père venu d'Allemagne, un pauvre idiot! En voilà assez! (Massia leva les mains.) Viens! je vais te conduire jusqu'à l'escalier qui débouche sur le jardin, puis tu disparaîtras à jamais, petit père! Regarde le bâton que tient Igor : il frappera ton crâne comme un arbre que l'on abat!

Trottau se tourna vers Xenia. Elle restait accroupie sur le lit, nue, sa chevelure d'or enroulée autour d'elle, irréellement belle.

– Je reviendrai, dit Trottau. Je te montrerai le soleil et les prés en fleurs.

– Il ne te montrera rien! cria Massia. Petit père le tuera!

– Alors je tuerai petit père! lança Xenia désinvolte. Quand reviens-tu?

– Demain, Xenia.

– Prie pour ton âme!

Massia tira Trottau hors de la pièce, puis elle le poussa devant elle jusqu'aux couloirs étroits et humides. Alors, elle arracha une torche du mur et la mit dans la main de Trottau :

– Marche devant!

En silence, ils avancèrent presque à tâtons à travers divers passages, ils empruntèrent plusieurs escaliers pour enfin déboucher dans un couloir dont la voûte était plus élevée. Là, Massia s'arrêta et, tendant sa main vers la droite :

– Par là, tu arriveras à l'escalier qui débouche dans le jardin.

Trottau regarda tout autour de lui. A présent, il savait où il se trouvait. Il fit un geste vers la gauche : – Ensuite, je m'engagerai dans le troisième couloir transversal à droite, c'est là-bas que commence l'escalier qui conduit à la chambre du tsar.

– Je n'en sais rien. Bonne chance, médecin!

– A demain, Massia Fillipovna.

– Blattiev te brisera le crâne!

– Il n'en fera rien, car il aime son enfant autant que toi! Comprenez bien que je guérirai Xenia. Demain, je l'emmènerai à la lumière du jour!

– Alors il te faudra assommer Igor et moi-même!

– Peut-être le ferai-je, répliqua Trottau d'une voix sourde. Je ne laisserai pas mourir Xenia. Mon Dieu, que la peur est donc chevillée dans vos cœurs! Aidez-moi, il s'agit de votre fille!

– Tu ne connais pas le tsar! (Massia saisit brusquement la main de Trottau et la baisa :) Petit père, oublie-nous! Oublie ce que tu as vu! Cela vaut mieux, pour nous tous!

Maria accueillit Trottau avec un grand cri. Elle se jeta contre lui, l'entoura de ses bras et tomba avec lui sur le grand lit :

– Tu vis! balbutia-t-elle. Tu vis! J'ai crié de peur pour toi! Mon Andrei, où étais-tu? Pourquoi n'es-tu pas venu, mon adoré?

– Je me suis égaré, répondit Trottau. Ces maudits couloirs... Mais j'ai enfin retrouvé mon chemin. Oh! Maria, quelle nuit!

Elle se serrait contre lui et l'enveloppait entièrement de sa frémissante chaleur :

– Le tsar est en route pour Moscou, murmura-t-elle. Il chevauche jour et nuit... Mon ours blond, il nous faut savourer chaque instant qui nous reste comme une coupe de vin de Hongrie... J'ai froid au cœur à la pensée de l'étreinte d'Ivan.

La nuit fut brève. La tsarine dans les bras de Trottau le consumait presque au contact de son corps brûlant. Mais, tandis qu'il laissait passer sur lui cet ouragan de feu et que Maria ne s'apercevait pas avec quels tourments il goûtait son amour, Trottau ne cessait de penser à Xenia.

Je lui donnerai le soleil, se disait-il, et la joie de vivre qu'elle n'a pas.

– Mon ours blond, murmurait la tsarine.

– Mariouchka, répondait-il.

Mais il pensait : Xenia, je t'aime. Je te mènerai vers la vie!

5

Tout le jour, de l'aube au crépuscule, le tsar chevauchait, venant de Lituanie et allant au sud vers Moscou. Il dormait la nuit dans les relais pour les chevaux, dont ses streltsy chassaient les occupants à coups de trique afin d'épargner à leur sublime seigneur béni de Dieu, la vue du peuple grossier. Ou encore, Ivan passait la nuit dans les villes qu'il traversait puis au matin, il remontait à cheval, les yeux rivés sur l'horizon derrière lequel était Moscou. Et il pensait au message que lui avait envoyé Chemski : « La tsarine a un amant. »

– Plus vite, ordonna Ivan, plus vite! Je veux arriver à Moscou alors que tout le monde me croira encore à Dorpat chez Kourbski. Quel réveil ils vont avoir? Je les vois déjà, gémissant devant moi comme des chiens. Tous, tous, des chiens! En avant!

Il donna des éperons à son cheval et se coucha sur l'encolure à la manière des Tatars. Un dément qui avait droit de vie et de mort s'approchait de Moscou.

Pour une fois, il n'y avait aucun des habituels messagers à cheval pour ouvrir la voie au monarque et annoncer à tous l'arrivée du grand tsar.

D'ordinaire de tels messagers étaient comme une mise en garde : chaque boyard fouillait sa conscience dans la crainte d'avoir fait quelque chose qui aurait pu irriter Ivan. Chaque fonctionnaire de la cour mettait ses livres à jour et le grand maître de la cour révisait ses comptes. Le premier chambellan lui-même faisait nettoyer les salles du Kremlin. Seul, le tsarévitch, silencieux et triste comme toujours, pâle et replié sur lui-même, restait dans ses appartements et se préparait à embrasser trois fois son père sur la joue.

Cette fois, pourtant, les choses se passaient autrement. Moscou ne se doutait pas de l'approche du tsar. Un seul messager se trouvait en chemin : c'était celui envoyé par le prince Basmanov et qui portait au tsar une lettre de son maître.

– Chemski est mort, dit Ivan après avoir lu la missive qu'il déchira ensuite avec soin. (Il considéra ses compagnons de route d'un regard dur :) Nous devrons oublier Chemski : il n'a jamais vécu.

Mais ce que le boyard mort avait affirmé continuait de vivre dans le cœur d'Ivan : c'était un poison qui le rongeait lentement et tandis qu'il chevauchait sans trêve vers le sud, il songeait au temps où il avait vu Maria pour la première fois. Il pensait à la guerre contre les Tatars, à la reddition du prince tcherkesse Temriouk Tcherkassky, à la mer de sang qui avait coulé sur les steppes.

C'était sur ce sol saturé de sang qu'il avait fait la connaissance de Maria. La première fois qu'il l'avait vue, elle n'était qu'une femme parmi cent autres qui, immobiles et silencieuses, attendaient le sort des vaincues.

Ce jour-là, Ivan, dans son armure noire, avait longé à cheval la file des femmes jusqu'à l'instant où il avait découvert Maria, jeune et plus belle qu'aucune autre femme, avec sa longue chevelure noire. Le regard de ses yeux brûlants avait forcé Ivan à arrêter son cheval.

Ils s'étaient regardés en silence et en silence Ivan s'était éloigné. Sans que nul ne s'en fût aperçu, il avait été vaincu en duel. La merveilleuse fille n'avait pas baissé les yeux ni courbé le col. Elle avait bravé le regard du sublime tsar, sachant parfaitement que cette bravade lui vaudrait la mort. Mais Ivan n'avait fait signe à aucun streltsy. Il avait même souri imperceptiblement, d'un sourire cruel... par lequel il appréciait la situation... puis il avait continué d'avancer à cheval. Lorsqu'il était arrivé au bout de la file des femmes, il avait levé sa main droite gantée de fer. Le massacre avait cessé. Le regard de Maria avait sauvé la vie à des centaines de Tatars.

« Je l'aimais déjà, pensait Ivan en éperonnant sa monture. C'est la plus belle des femmes de ma vie, la plus sauvage et la plus tendre, une femme dont il faut constamment refaire la conquête. C'est ce qui me lie à elle et me prive, moi le plus grand monarque de ce monde, de toute ma volonté, quand je suis dans ses bras. Lorsque son corps à la peau si blanche est étendu devant moi, je perds la raison. A chaque fois j'ai le dessous et, au matin, je suis vidé et titube sur les fourrures de mon lit. Et puis elle est là, couverte de sa seule chevelure, et j'entends sa voix provocante : Ivanouchka, que la vie est belle! Et moi, étendu sur ma couche, je ne puis que lui répondre : Ma colombe, ta beauté me tuera!

» Est-il sage de laisser seule une telle femme pendant des mois? Que fait-elle du feu qui la brûle? »

Le tsar regardait au loin par-dessus le col de sa monture. « Mon empire me pèse, pensait-il. Et je ne cesse de faire des conquêtes. A l'est, le monde s'étend jusqu'à l'infini en forêts traversées de fleuves gigantesques. Ce sont les régions avec d'incommensurables richesses, peuplées de zibelines, de martres, pleines d'or, de diamants, de mines de sel dont le sol est fertile... Un pays digne des légendes : la Sibérie!

» Des marchands et des aventuriers, des moines et des chercheurs solitaires en ont parlé. Quel pays, si tout ce qu'on en dit est vrai! Quelle richesse pour la Russie, si on le conquiert!

» Qu'est-ce qu'en comparaison l'Angleterre avec son orgueilleuse reine Elizabeth? Et Marie Stuart avec son Ecosse? Et quel gringalet de Ferdinand 1er, cet empereur allemand, ce Habsbourg! Et les Espagnols! Ce Charles V à la grande gueule qui proclame : Sur mon empire, le soleil ne se couche jamais! Où est-il à présent? Il est mort dans un couvent! Et son héritier Philippe II, ou ces rois de France, ou encore ces rois de Suède... tous des nullités, des pots de terre face à la Russie, face à ses tsars!

» Où existe-t-il un pays aussi illimité, aussi beau, riche, neuf et puissant que la Russie? Il ne lui manque que la Sibérie... »

Ivan releva sa tête sommée d'un casque à pointe. « Maria m'y aidera, pensa-t-il. Etant à mes côtés, elle agrandira mon empire. Je ne la laisserai plus jamais seule. »

– Plus vite! cria le tsar. Plus vite! Que tombent de leur cheval et crèvent ceux qui sont fatigués!

Jusqu'à 11 heures du matin, Trottau avait soigné les malades du Kremlin et distribué poudres et essences. Le tsarévitch avait suivi les conseils de Trottau et respiré beaucoup d'air pur. Mais maintenant il souffrait d'un rhume tenace et s'était de nouveau retiré dans ses appartements étouffants.

– Je souffre, Trottau, gémissait-il, plaintif, en se rhabillant après une consciencieuse auscultation. C'est à croire que j'ai été mis au monde en Russie pour que son climat me fasse passer le plus tôt possible de vie à trépas. (Il offrit à Trottau un verre de vin de Hongrie et regarda par la fenêtre dans le jardin du Kremlin :) Je voudrais tant me rendre en France! Connais-tu la France?

– Un peu, Rouen, Reims, Orléans, Paris...

– Paris! C'est le cœur du monde!...

– Le tsar dit que le cœur et le nombril du monde, c'est Moscou! répliqua Trottau.

– Moscou! Retourne-toi et regarde! Ce n'est qu'un lieu d'exécution dont les maisons semblent faites des ossements des condamnés et dont les pierres ont été cimentées avec du sang. C'est ça le monde?

– Vous devriez parler au tsar de votre désir d'aller à Paris, seigneur.

– Mon père ne parle jamais de Paris. Il s'empresserait de me faire rosser avec un gourdin jusqu'à me faire oublier ce nom. (Le tsarévitch appuya son front contre le mur tendu de soie.) Père... dit-il tout bas, chacun dit ce mot avec respect et affection; quant à moi, j'ai froid lorsque je le prononce. (Il évitait de regarder Trottau.) Vous pouvez vous en aller, médecin. Oubliez notre entretien.

– J'ai une grâce à vous demander, dit Trottau.

Il s'approcha du tsarévitch; contre la fenêtre, devant lui, s'étendait un jardin enfermé dans de hauts murs. Des buissons en fleurs, de l'herbe d'un beau vert, des bosquets ombreux, un puits à poulie avec une margelle de bois sculpté. Vision presque villageoise, comme on en rencontre sur les rives du Dnieper ou de la Volga, s'il n'y avait eu ces murs de brique rouge qui entouraient cette paix et la retenaient prisonnière.

– Se pourrait-il que je puisse te donner quelque chose? lança le tsarévitch, amer. Tout ce dont est capable un oiseau en cage, c'est de chanter!

– Je demande la grâce de pouvoir utiliser votre jardin, là, en-bas...

– Je te l'accorde! (Le tsarévitch rit avec une pointe d'inquiétude :) Pourquoi en désires-tu la jouissance, médecin? Veux-tu y cultiver des plantes médicinales qui ôteraient l'envie de sortir d'ici? Je serai le premier à les arroser régulièrement!

– Je ne veux qu'un peu de soleil, de ciel et d'air pur, un endroit où nul ne s'aventurera à part moi-même et mes malades, ceux qui ont besoin d'air pour guérir.

– Je connais tes folles idées, médecin. Envoie tes malades en plein air, cela m'est égal. Je veux seulement te revoir de temps à autre et te dire ce que je ne puis dire au tsar. Tu seras le vase où je jetterai mes eaux sales.

– Ce n'est pas un mauvais marché, répondit Trottau en s'inclinant très bas.

A présent, Xenia a tout ce qu'il lui faut, pensait-il. Dans mes bras, je la porterai au soleil qui aspirera sa maladie comme une rosée tombée pendant la nuit.

6

Vers midi, Trottau redescendit dans les souterrains. Il emporta une lampe à huile qui donnait une vive clarté, un panier de fruits pour Massia et une fiole de vodka pour Blattiev.

Cette fois, Trottau n'erra pas longtemps dans les passages obscurs. Comme surgie du sol, Massia parut soudain devant lui. Sans doute, son ouïe s'était-elle affinée pendant ces vingt ans de réclusion sous terre, elle entendait aussi bien qu'une souris et se déplaçait en silence, comme un fantôme.

– Vas-y, idiot! cria Massia avant que Trottau ait

pu dire un seul mot. Blattiev t'écrasera le crâne comme un œuf!

– Je viens pour amener Xenia aux rayons du soleil!

– Veux-tu donc nous condamner tous à la potence? Nous devrons te faire disparaître pour continuer à vivre!

– Mais Xenia mourra! C'est aussi certain que la langue arrachée d'Igor!

– Je sais. Entre hier et aujourd'hui s'étend une seule nuit. Elle a suffi pour que l'on se résigne. On n'échappe pas à son destin!

Massia se détourna et suivit le couloir en pente. L'humidité suintait sur les murs épais. Une odeur de moisissure et de décomposition en émanait.

Trottau suivit Massia. Mais elle s'arrêta au bout de quelques pas.

– Retourne! dit-elle à haute voix. Occupe-toi de la tsarine!

– Elle chasse à Novo Bougetchev et ne reviendra que ce soir.

– Pourquoi ne l'as-tu pas suivie?

– J'ai dit que je devais soigner le tsarévitch et c'est ce que j'ai fait en demandant pour honoraires l'autorisation de disposer de son jardin que je réserve à Xenia. Personne ne l'y dérangera, ne l'y verra, ne trahira sa présence. Le tsarévitch est mon ami.

Massia s'enveloppa plus étroitement dans l'écharpe recouvrant ses épaules :

– Je t'en supplie, étranger, éloigne-toi, je ne pourrai pas empêcher Blattiev de t'assommer.

Elle reprit sa marche et Trottau la suivit. Il ne se considérait pas comme très courageux mais n'avait aucune appréhension de se retrouver face à Blattiev. Il était médecin; or, il y avait ici une maladie à laquelle il avait déclaré la guerre. Elle rongeait le corps d'une jeune fille qu'il commençait à aimer. Ce fait s'imposait davantage à son esprit que n'importe quelle autre menace.

Le couloir s'élargit, ouvrant sur des salles : c'était l'habitation des Blattiev.

– Je ne puis plus que prier, que prier, répétait Massia.

Soudain, Blattiev se trouva devant eux, un peu plus voûté que d'habitude, comme un singe géant qui va attaquer.

– Ecoute-moi! s'écria Trottau en s'arrêtant à quelques mètres de Blattiev. (Tout autour de lui, les torches flamboyaient et fumaient contre les murs et, de nouveau, il remarqua cette odeur étrange, inexplicable, qui prenait à la gorge et faisait penser aux bêtes fauves.) Xenia est ta seule enfant, Igor Igorovitch, tu lui es attaché de tout ton cœur et si tu dois la voir dépérir chaque jour et mourir enfin, ton cœur saignera... Faut-il que je te décrive sa mort pas à pas? Ce serait facile, c'est un spectacle que j'ai souvent observé. J'ai vu des hommes forts comme des arbres être abattus et des femmes plus fortes que ta Massia n'être qu'un petit tas d'os qu'un enfant pouvait porter. Que penses-tu faire pour Xenia ici sous terre? Moi, je puis lui venir en aide, me comprends-tu? Je la prendrai par la main pour lui montrer les fleurs, les oiseaux, les nuages. Elle apprendra à connaître le vent, la neige, le merveilleux froid sec... et elle respirera, un air pur emplira ses poumons. Ainsi vaincrons-nous la mort, Blattiev. C'est ainsi que je te rendrai ta Xenouchka!

Trottau fit une profonde aspiration :

– A présent, assomme-moi, Igor Igorovitch! Tu assommeras ta fille du même coup!

Blattiev ne bougea pas. Il laissa le médecin s'approcher de lui et lorsqu'ils se trouvèrent tout près l'un de l'autre, il jeta ses bras autour de Trottau et l'attira à lui, puis, grognant quelques sons inintelligibles, il posa sa tête sur son épaule et pleura.

Ils s'arrêtèrent en haut de l'escalier, contre la trappe dissimulée par un buisson. Jusqu'alors, Trottau avait conduit Xenia en lui donnant la main comme à une enfant et elle l'avait suivi sans mot dire. A présent, il fallait prévenir Xenia de ce qu'elle allait voir dans quelques instants. C'était comme préparer une aveugle à retrouver la lumière du jour laquelle risquait fort de la subjuguer, de l'affoler et de la briser.

Au moment de la séparation, Massia avait béni sa fille, et Blattiev, ayant déchiré une bande d'étoffe, l'avait posée sur ses yeux en gloussant et en gesticulant. Trottau comprit enfin qu'il redoutait pour les yeux de Xenia la vive clarté du jour et qu'il croyait sage pour elle de les recouvrir d'un bandeau.

– Non, avait dit Trottau d'une voix enrouée par l'émotion. Elle ne sera pas aveuglée par le soleil, je te le promets, Igor Igorovitch!

A présent, les jeunes gens se trouvaient devant la trappe de sortie et il n'y avait plus qu'un pas jusqu'à la vraie vie.

– J'ai peur, Andrei, dit Xenia à voix basse.

Elle l'appelait Andrei comme la tsarine, mais lorsque Xenia prononçait ce nom, il avait une toute autre résonance. C'était une chanson timide et triste, comme si elle s'excusait d'oser le prononcer...

Trottau entoura d'un bras ses étroites épaules qui frissonnaient et la serra contre lui :

– Tu as peur? De quoi, Xenia?

– Du soleil...

– Le soleil, c'est la vie. (Il posa ses mains contre la trappe :) Vois, je pousse cette trappe tout doucement, elle va s'ouvrir et la lumière tombera directement sur ton visage!

Xenia répondit d'un signe de tête, mais lorsque Trottau poussa le battant, elle jeta l'écharpe de Blattiev sur ses yeux, leva la tête et serra ses petits poings. Elle se tenait comme sur la plate-forme d'un gibet et attendait dans cette attitude sa première rencontre avec le jour.

Trottau souleva la trappe peu à peu. Son cœur martelait sa poitrine. Dehors, un chaud soleil d'été régnait. Ceci se passait peu après le carillon de midi, la canicule pesait sur Moscou qui ressemblait à un pain dans un four de pierre.

Xenia se ramassa sur elle-même :

– Pourquoi tant de torches brûlent-elles? balbutia-t-elle.

– Ce ne sont pas des torches, c'est la chaleur du soleil.

– Quelque chose souffle le chaud...

– C'est le vent.

– Je veux retourner auprès de petit père, Andrei...

– Plus qu'un pas vers la vie, Xenia, plus qu'un pas! Viens, je vais te conduire et je te soutiendrai.

Trottau entoura de nouveau Xenia de son bras. Elle avait rejeté sa tête en arrière et placé la bande d'étoffe sur ses yeux. Ils montèrent ainsi les dernières marches et se trouvèrent aussitôt debout dans les hautes herbes. Les arbres murmuraient dans le vent. Un parfum suave venait de rosiers grimpants et les oiseaux gazouillaient dans les frondaisons au-dessus d'eux.

– Qu'est-ce que cela? demanda Xenia tout bas. Ces voix... j'ai peur, Andrei...

– Cela ne durera qu'un moment, Xenia, ouvre les yeux...

Il lui ôta la bande d'étoffe qui lui cachait le jour, mais Xenia crispa ses paupières et se cramponna à lui. Trottau posa sa main sur ses yeux et déposa un baiser sur son front :

– Ouvre les yeux, Xenia, dit-il haletant, je t'en prie...

– Je les ai ouverts, Andrei. (Elle tremblait plus fort. Pour la première fois de sa vie, elle voyait une lueur de vraie lumière :) La clarté passe entre tes doigts...

– Tu vas voir, Xenia... attention! (Trottau l'étreignit de son bras gauche :) Xenouchka, à présent tu vas naître une seconde fois!

Il ôta brusquement sa main de dessus ses yeux et vit son regard bleu, fixa ses yeux exorbités. Il désigna d'un large geste tout ce qui les entourait : herbes, arbres, buissons, fleurs, cieux, nuages :

– Vois, Xenia, ce monde!

– Mon Dieu, dit-elle dans un souffle, *c'est donc comme ça!* C'est beau, trop beau.

Elle plia soudain les genoux, tomba, s'appuya sur le sol des deux mains et resta agenouillée. Trottau ne lui vint pas en aide. Elle subissait le choc qu'il lui fallait surmonter seule. Xenia, agenouillée, faisait glisser les herbes entre ses doigts et caressait une rose.

– C'est ça l'herbe, dit-elle, et là est-ce une fleur?

– Oui, Xenia.

Trottau s'agenouilla à côté d'elle et repoussa le rideau de cheveux qui lui voilait le visage.

– Là-bas... c'est un arbre?

– Oui, un bouleau...

Elle jeta la tête en arrière et considéra une montagne de nuées qui dérivaient nonchalamment dans le vent sur le ciel bleu infini :

– Et ça, là-haut?

– Un nuage. Le vent le pousse dans le ciel jusqu'à ce qu'il se disperse ou s'ajoute à d'autres nuages. Alors il pleuvra...

– Et le vent?

– Tu le sens à présent qui passe sur ta peau... cette caresse invisible...

– C'est bon, je veux le sentir davantage encore ce vent!

Elle arracha aussitôt ses vêtements avant même que Trottau ait pu l'en empêcher. Sa nudité, dans la lumière dorée du soleil, le subjugua. Il resta à genoux près d'elle lorsqu'elle se laissa retomber dans l'herbe en ouvrant les bras pour étreindre le vent.

Plusieurs fois, Trottau lança un regard vers les fenêtres des appartements du tsarévitch. Mais rien ne bougeait là-haut, les épais rideaux étaient tirés. L'héritier de l'empire russe se retranchait dans son domaine exigu.

Xenia resta couchée quelques minutes au soleil, sans rien dire, regardant le ciel, accueillant toutes ces découvertes nouvelles comme un conte de fées.

– Si l'on nous trouve ici, on va nous pendre, dit-elle soudain. Mais je n'ai pas peur. On ne peut pas assez payer tant de belles choses, même avec la vie, Androuchka!

– Ici, personne ne nous verra.
– Mais le jardin appartient au tsarévitch!
– Oui, il me l'a prêté.
– Peut-on prêter quelque chose d'aussi beau? Et si le tsarévitch dit : Sortez de mon paradis, il faudra nous en aller?
– Oui.
– Alors, restons ici, veux-tu? Aussi longtemps que nous le pourrons. (Xenia regardait Trottau.) Pourquoi es-tu si noir, Androuchka? Tes souliers, tes vêtements, alors que tout ici est si coloré?
– C'est le costume des médecins. Le tsar l'ordonne.
– Ici, je ne vois pas le tsar... (Elle posa ses mains autour de la tête de Trottau et le regarda en riant :) Déshabille-toi donc comme moi! Tu m'as montré le soleil, pourtant tu parais le fuir! N'as-tu pas dit : la peau doit respirer! Tu n'as donc pas de peau, Androuchka?
– Xenia...
Trottau ferma les yeux. Elle ne pouvait pas deviner le désir d'un homme, cet élan vers elle, ce corps brûlant que seul un autre corps peut délivrer. Où l'eût-elle appris?
– Tu n'aimes donc pas le soleil? reprit Xenia. Tu vantes ses mérites, puis tu le dédaignes.
De ses mains tremblantes, il se déshabilla. Xenia posa sa main sur la poitrine de son compagnon et mit sa tête sur son épaule.
– Tu as raison, dit-elle dans un souffle, rien n'est si beau que d'être dans le soleil.
Elle ne se défendit pas lorsque Trottau, l'attirant contre lui, l'embrassa. Elle ne connaissait pas un tel baiser. Lèvre contre lèvre, Xenia regardait Trottau avec un immense étonnement. Puis elle ouvrit la

bouche et but le philtre inconnu, exquis, qui propage des ondes par tout le corps. Elle se cramponna à Trottau comme si elle se noyait. Xenia ne savait pas ce que c'est que faire l'amour, mais pendant ce baiser elle comprit que tout était changé.

Là-haut contre la fenêtre, derrière l'épais rideau, le tsarévitch regardait de ses yeux brûlants et fixes les amants qui s'étreignaient à ses pieds.

7

Après une heure de divin repos, de respiration délicieuse, d'ensoleillement, pendant laquelle un amour qui, de baisers en baisers, grandissait et devenait plus brûlant, Trottau ramena Xenia à ses parents dans leur univers souterrain.

Elle ne put dissimuler son effroi en retrouvant ce monde des ténèbres. Elle se serra contre Trottau, appuya sa tête à son épaule et se mit à trembler de plus en plus fort tandis qu'elle descendait dans ce sépulcre humide.

La retraite des Blattiev parut enfin dans le couloir qui passait devant la porte de leur salle. Massia Fillipovna s'y tenait, grande, formidable, sombre. On entendait Blattiev grogner non loin de là. Mais son ouïe fine perçut la résonance de leurs pas. Quelque chose heurta le sol de pierre avec un son métallique, puis Igor parut, massif, semblable à une montagne.

Trottau sentit Xenia se serrer plus fort contre lui; sa main se crispait sur son bras.

– Petit père, dit-elle, haletante, en s'adressant à son père, nous voici revenus! (Et comme Blattiev ne grognait même pas et restait immobile, adossé au mur, elle dit, comme égarée :) Petite mère, dehors il y a le soleil...

– Comment était-ce? demanda Massia durement.

– Un rêve, petite mère!

– Il n'y a pas de rêves vécus en ce monde.

– Je voudrais rester toujours étendue au soleil, petite mère.

– Le soleil ne se montre pas toujours, il pleut aussi, le vent hurle, la neige étouffe la terre, le gel brise les arbres. Ne le lui as-tu pas aussi expliqué, médecin?

– Il suffisait, pour la première fois, qu'elle comprenne la réalité d'une fleur, d'un papillon, d'un oiseau qui chante, des nuages qui passent dans le ciel, et celle de l'herbe tiédie, répondit Trottau. Elle apprendra aussi à connaître l'hiver et elle l'aimera autant que la chaleur.

– C'est si beau! s'exclama Xenia en levant les bras dans un élan d'enthousiasme. Puis elle fondit en larmes tandis que Massia l'entourait de ses bras et lançait un regard irrité, par-dessus sa tête, à l'adresse de Trottau.

– Petite mère, tout est beau là-haut, tout! sanglotait Xenia.

– Il y a aussi des loups qui déchirent les humains; il y a des oiseaux de proie qui enfoncent leurs serres dans la chair de ceux qu'ils ne craignent pas et il y a aussi l'homme, qui anéantit tout, l'être le plus impitoyable créé par Dieu...

– Qu'est-ce que tout cela en regard d'une rose qui se balance dans le vent!

Xenia rejeta la tête en arrière, sa longue chevelure d'or balaya le sol dallé.

Dans les yeux de Massia, une étincelle d'hostilité apparut :

– Tu me l'as gâchée, médecin. En quelques heures tu l'as corrompue.

– Je guérirai Xenia, répondit Trottau; ici, sous terre, elle s'éteindrait...

– Qu'as-tu à dire? Qui es-tu? Un Allemand, le médecin de la tsarine! Sur un geste d'elle, tu gigoteras, pendu au gibet, devant la porte du Kremlin! C'est ce que tu mérites, grande gueule de médecin! (Massia serrait Xenia contre elle.) Laisse-la en paix, te dis-je. Là-haut, au soleil, elle ne guérira jamais, mais sera à jamais dévoyée. Igor, chasse-le! Il nous vole notre fille!

Blattiev jeta un cri guttural. Trottau recula de deux pas et tira de son fourreau son élégante épée de cavalier. Il brandit la lame en avant et se fendit pour avoir un meilleur aplomb.

– Ne bouge pas, Blattiev! s'écria-t-il.

– Petit père! lança Xenia d'une voix déchirante. Ne le touche pas! Il m'a déjà sauvée!

Elle voulut échapper à Massia, mais la forte femme la retenait solidement.

Blattiev se rapprocha. La lame de l'épée ne l'impressionnait pas, même lorsque Trottau se mit en position de combat, prêt à transpercer son adversaire. La patte formidable de Blattiev fut projetée vers Trottau et saisit la lame de l'épée avec la rapidité de l'éclair. Puis, d'une seule secousse, il la lui arracha de la main et la brisa comme un fétu. Avec un son clair, des débris d'acier tombèrent à ses pieds.

Mais alors il se passa quelque chose de bouleversant. Blattiev se trouvait tout près de Trottau figé sur place et qui n'avait plus que ses poings pour se défendre contre la puissance de ce monstre. Dans les yeux de Blattiev, il y eut une lueur, mais ce n'était pas une flamme de haine, car de ses yeux ronds, suppliants, que la colère même ne changeait pas, des larmes silencieuses s'échappaient. Il attira le médecin contre lui, déposa trois baisers sur ses joues et caressa ses cheveux avec tendresse. Il faisait tout cela en émettant d'incompréhensibles propos qui n'avaient de sens que dans sa tête.

– Je te remercie, Igor Igorovitch, dit Trottau ému. Je te le promets...

– Tu le comprends? s'écria Massia.

– Qui ne comprendrait un père dont on sauve la fille! Et lui aurait-on arraché dix langues, il y a de ces instants où un muet se met à parler...

– Faut-il qu'il la remonte au soleil? demanda Massia.

Blattiev fit un signe d'assentiment.

– Chaque jour?

De nouveau, le même signe.

– Tu as confiance en lui, Igor Igorovitch?

Blattiev fit une profonde aspiration; ses lèvres esquissèrent un mouvement précis et, du fond de son gosier, monta un son parfaitement identifiable : « Oui! »

Comme un cri.

Xenia se jeta aux pieds de Blattiev et entoura de ses bras les jambes enfoncées dans des bottes d'écorces tressées :

– O petit père, pleurait-elle, mon bon petit père... Dieu te bénisse chaque jour!

Emu au plus profond de son être, Trottau

retourna dans sa maison située sur la place du Kremlin. Son serviteur, un prisonnier condamné à la servitude et qui lui avait été procuré par le premier intendant de la cour, l'attendait avec son déjeuner. De grandes tranches de rôti froid étaient disposées sur des assiettes d'argent, ainsi que des fruits frais et une salade de betteraves. Une bouteille de vin de Hongrie était posée sur la table.

Trottau s'assit dans un grand et profond fauteuil de bois, garni de peaux de loup, et couvrit ses yeux avec ses mains. Il avait besoin de ce répit pour penser à Xenia, à son corps ravissant et surtout à ce jeu dangereux qu'il était décidé à mener jusqu'au bout.

Le jour, Xenia, qu'il aimait. La nuit, la tsarine Maria, qu'il lui fallait aimer... Si ces deux femmes venaient à se rencontrer, le monde s'anéantirait dans une explosion sans exemple.

– Seigneur, dit le serviteur prudent, car il n'était pas encore assez en confiance avec son maître pour deviner ses humeurs.

Les expériences qu'il avait faites jusqu'alors l'avaient rendu circonspect. Rescapé de justesse d'une exécution, on lui avait accordé la vie, mais en le privant à jamais de sa liberté. Il avait déjà changé neuf fois de maître. Tous l'avaient rossé et bourré de coups de pied comme un chien, lui crachaient au visage à l'occasion et le frappaient avec leur knout. Quiconque en a le pouvoir traite les autres de cette manière. Un serf n'est pas même un être humain. C'est ainsi, Afanasi Loukanovitch Sabotkin, homme candide venu des champs de roses de Kazan. Le diable emporte les humeurs des grands seigneurs... mais il s'en garde bien, car il est assis parmi eux et prend part à leurs beuveries.

– Seigneur, répéta Afanasi Sabotkin, cette fois très prudemment et en s'inclinant très bas, j'ai apporté ton repas.

– Je n'ai pas faim, Afanasi, dit Trottau avec lassitude. Laisse-moi seul.

– Le tsarévitch veut te parler, seigneur.

Trottau fit signe qu'il avait compris. Le tsarévitch, ce pleutre, qui se cachait derrière ses gros murs... que deviendra la Russie lorsqu'il montera sur le trône? Comme des vautours, les boyards – qui n'attendent que la mort d'Ivan – fonceront sur lui pour le déchiqueter. Il y avait le sombre Boris Godounov, que nul ne vit jamais sourire, et le joyeux, mais d'autant plus redoutable, – autant qu'un tigre – Chouiski! Il y avait le vieux Nikita Romanov et le boyard Cheremetjev qui sut marier si bien ses filles qu'il se trouvait apparenté à toutes les maisons princières. On disait de sa fille Hélène qu'il la cachait et l'entourait de soins comme un joyau, afin de la marier un jour au tsarévitch. Et il y avait encore les boyards Iouriev et Basmanov qui se faisaient bien voir d'Ivan en mettant aussitôt à exécution toutes les cruautés qu'il inventait.

Quel monde! pensait Trottau. Quel pays, quel trône! Ces peuples n'ont été cimentés ensemble que par le sang versé...

– Le tsarévitch est-il souffrant? demanda-t-il.

– Non, maître, il veut te voir.

Ivan, l'héritier du tsar, regarda fixement Trottau tandis que celui-ci s'avançait vers lui. Ses mains se mirent à trembler lorsqu'il demanda :

– Qui était cette femme dans mon jardin?

Trottau sut aussitôt le danger que comportait cette question. Le tsarévitch était changé.

– Vous l'avez vue, seigneur? répliqua-t-il.

– Son corps était d'ivoire sous le soleil. (Le tsarévitch se pencha en avant. La douceur de sa mère Anastasia, la peur qu'il éprouvait à l'égard de la férocité paternelle, tout cela s'était effacé, comme si la vue de Xenia avait libéré quelque chose en lui.) Qui est-elle?

– Une malade, seigneur.

– Tu mens!

– Ce serait risquer la mort que de mentir au tsarévitch!

– C'est, en effet, risquer la mort! (Ivan s'adossa :) Embrasse-t-on ainsi une malade?

– Je la guéris, seigneur.

– Avec des baisers? Des caresses? En jouant avec sa chevelure d'or? Médecin, aurais-tu étudié cette médication? Traites-tu de même la tsarine?

Trottau soutint le regard du tsarévitch. Le même regard que celui du tsar, dur, tel celui de l'aigle, contraignant. Il pourrait tout de même porter un jour la couronne russe, pensa Trottau, l'espace d'un éclair. Ce n'est pas un faible. Tout le monde agit autour de lui comme s'il en était un et il finit par le croire lui-même.

– C'est une jeune fille très malade, reprit Trottau, évitant de donner une réponse directe. (Il comprenait le tsarévitch : quiconque avait vu Xenia ne pouvait l'oublier.) Le soleil, l'air, les fleurs représentent son seul espoir de guérison.

– Ton médicament idiot, qui m'a donné la fièvre! L'air frais! (Le tsarévitch se mit debout d'un bond et s'approcha de la fenêtre. Il regarda intensément l'endroit où Xenia avait été étendue dans l'herbe; celle-ci portait encore la trace du corps alangui.) Quelle maladie a-t-elle?

– La phtisie, seigneur.

– C'est la mort assurée.

– Si elle est autorisée à se rendre chaque jour dans votre jardin pour s'étendre au soleil, la maladie sera extirpée hors de ses poumons!

– Tu veux la coucher chaque jour nue sous mes fenêtres?

– Dans l'herbe, seigneur. Vous n'avez qu'à éviter de la regarder...

– Que me demandes-tu là, idiot? Auprès d'elle, les aveugles retrouveraient la vue!

– Il lui faut du repos, seigneur, un repos absolu, du bonheur, et du soleil qui accomplit des miracles.

– Et en ce qui concerne ce bonheur, tu te charges de jouer le rôle du médicament, si je comprends bien. (Le tsarévitch revint vers le centre de la pièce et s'arrêta devant Trottau :) Tu la ramèneras au jardin dès demain?

– Oui.

– Alors j'irai la trouver, et je l'embrasserai. Moi, pas toi, médecin!

Trottau secoua lentement la tête :

– Ce ne sera pas possible, seigneur!

– T'y opposerais-tu? Prétends-tu m'interdire d'agir à ma guise? M'imposer une interdiction, à moi, Ivan, le fils du tsar?

– Je ne puis que te mettre en garde, seigneur, la phtisie galopante est une maladie très contagieuse.

– Tiens, tiens! lança le tsarévitch en riant. (Ses yeux se rétrécirent :) Ainsi, le futur maître de la Russie succomberait à la contagion, alors qu'un médecin allemand y résisterait?

– Il est de peu d'importance, répliqua Trottau, qu'un petit médecin meure, mais c'est une tragédie pour la Russie lorsque le tsarévitch succombe par la faute d'une fille!

– Je déteste cette couronne! cria le tsarévitch. Je la hais! Tu le sais, médecin!

– Mais le peuple espère en vous, seigneur, il croit en Ivan V tandis qu'il subit Ivan IV. Il vous attend comme une terre aspire à la pluie après une longue sécheresse. C'est une pesante couronne, je le sais.

– Une couronne d'épines, médecin!

Le tsarévitch se laissa choir sur un siège et son visage se transforma de nouveau. Anastasia la douce, sa mère, que les boyards avaient fait emprisonner afin de briser la force du tsar, acte dont ils n'obtinrent que le contraire de ce qu'ils espéraient, Anastasia influençait de nouveau l'esprit du tsarévitch, le calmait et en faisait un homme réfléchi, triste de se contempler lui-même. Le sursaut de violence dû au sang sauvage de son père était éteint.

– Faut-il que je la porte, cette couronne?

– Oui, selon le vœu de la Russie.

– Tu es le meilleur confesseur, Trottau. (La voix du tsarévitch se teintait de mélancolie :) Je ne serai jamais un grand tsar.

– Un bon tsar, seigneur, vaut mieux.

– Le monde peut-il supporter un bon tsar? Partout, il y a la guerre. Les Polonais, les Lituaniens, les Suédois, les Tatars... nous vivons sur une île entourée d'un océan de feu. A quoi bon l'amour?

– Je ne sais pas, seigneur, on n'a encore jamais tenté de gouverner les humains avec amour.

– Où habite-t-elle?

– Qui?

– La fille venue dans mon jardin.

– Je l'ignore. Quelque part à Moscou. C'est en me

promenant que je l'ai rencontrée. Il ne m'a pas été difficile de diagnostiquer sa maladie. Je l'amenais au Kremlin pour l'examiner.

– Seulement parce qu'elle est belle? Il y a des milliers de malades à Moscou.

– Oui, répondit lentement Trottau. C'est à cause de sa beauté. Elle ne doit pas s'éteindre comme une chandelle, pensais-je. Et j'ose vous le dire aussi, seigneur. Empêchez qu'elle s'éteigne! Accordez-lui cette heure dans votre jardin. Permettez-lui de vivre.

– Il faut qu'elle vive! (Le tsarévitch respirait laborieusement.) Chaque jour, dit-il, je me placerai devant ma fenêtre et je la regarderai, et lorsque tu l'embrasseras, je te haïrai comme je hais mon père. Va-t'en, médecin, avant que je te fasse trancher la tête par mes gardes!

Rapidement, sans répliquer, Trottau quitta les appartements du tsarévitch.

8

La longue colonne avançait. A sa tête, et monté sur le meilleur cheval, galopait le tsar. Ils arrivèrent ainsi à quelque cent verstes de Moscou quand, tout à coup, le tsar Ivan glissa de sa selle et parut tituber, contre le flanc de son cheval. Cela ne dura qu'un instant. Lorsque les hommes s'approchèrent il se redressa et, fièrement, vint à leur rencontre.

– Encore un jour et une nuit, dit Ivan. (Il montra l'horizon éclatant de lumière.) Nous installerons le camp ici et prendrons un peu de repos.

Le boyard Loubeskoï surveillait l'installation de la tente du monarque. Un serviteur vint avec les chevaux et déchargea les bagages. Puis il apporta le manteau du tsar. C'était une longue robe tatare tissée d'or et doublée de superbes zibelines. Elle se terminait par une vaste capuche rehaussée de perles et bordée d'une somptueuse hermine. Ivan ôta sa cotte de mailles. Puis il jeta son casque et ses gantelets de fer dans l'herbe. Il s'efforçait de paraître détendu. Cependant il restait préoccupé, tandis qu'il surveillait l'installation de sa tente, sur laquelle flotta bientôt la bannière impériale.

Il avait croisé les mains sur sa poitrine comme pour prier et pensait à Moscou, à Maria, ce grand amour dont il espérait tant – enfin il se souvint du boyard Chemski, exécuté à cause de ce fatal message : « La sublime tsarine vous trompe, Grand Tsar! »

Le prince Loubeskoï apparut et demanda :

– Quand poursuivrons-nous ce voyage, maître du monde?

Ivan sursauta, arraché à ses pensées.

– Pourquoi veux-tu le savoir?

– A cause des chevaux, ils ont besoin de repos.

– Que m'importe s'ils s'effondrent au pied des murs du Kremlin, pourvu que j'y arrive!

– Même les forces d'un cheval s'épuisent, Grand tsar. Accordez-leur douze heures de repos... à moins que le Tsar des Tsars veuille traverser Moscou avec sa selle sur le dos?

Il était difficile de savoir quand Ivan supportait de telles plaisanteries. Loubeskoï avait, semble-t-il, choisi le bon moment car Ivan rit bruyamment, ses mains enfoncées dans les poches de sa robe de soie tatare :

– Nous ferons notre entrée dans Moscou, frais comme des gardons! Occupe-toi des chevaux, Loubeskoï, il nous faut arriver sans crier gare!

– Arriverons-nous de jour ou de nuit, sublime tsar?

Le tsar tourna ses regards vers l'immense forêt du district de Sabnrovo. On y chassait l'ours, le cerf et les plus beaux castors de la région.

Maria me trompe, pensa-t-il. Mais certainement pas le jour, ni dans mon lit, avec toutes ces chambrières...

– Nous ferons notre entrée à Moscou de nuit, dit-il, anxieux. (Ses petits yeux étincelaient, farouches, impitoyables :) Loubeskoï... certains oiseaux ne vivent que la nuit.

– Le rossignol, Grand Tsar.

– Et la chouette, Loubeskoï imbécile! (Ivan se retourna et se dirigea vers sa tente enfin prête.) Abreuve les chevaux! cria-t-il par-dessus son épaule, et porte-moi à boire!

Je boirai ma vengeance! pensa-t-il en écartant la tenture qui fermait l'entrée de sa tente. Un médecin teuton... Si une seule de ses réponses me déplaît, Igor Igorovitch Blattiev s'occupera de lui!

Dans la nuit, Trottau fut de nouveau auprès de Maria et la tint dans ses bras en pensant à Xenia.

– Je t'aime, mon ours blond, dit la tsarine. Je t'aime! Si tu veux, je verserai du poison dans le vin du tsar, dans celui du tsarévitch, des Romanov et des Godounov... Je les supprimerai tous et nous régnerons seuls sur la Russie... Ordonne que je les tue tous!

– Je ne suis pas le tsar, répondit Trottau d'une

voix lasse, je ne suis que le médecin et l'amant de la tsarine...

– Tu es un homme! Regarde autour de toi. Où y a-t-il encore des hommes? Ce ne sont que des marionnettes, des têtes vides. Leur disparition ne serait pas une perte. Tuerons-nous Ivan?

– Encore et toujours du sang, Maria? Ne peut-on dans ce pays aimer sans tuer?

– Ivan est en Lituanie. Lorsqu'il reviendra, je serai forcée de te voir moins souvent. Je ne le supporterai pas! Je ne puis d'ailleurs plus souffrir Ivan! Je cracherai de dégoût lorsqu'il me touchera et je brûlerai ma peau là où il m'aura touchée!

Trottau ne répondit pas. Il tenait Maria dans ses bras, l'embrassait et attendit qu'elle se fût endormie. Alors il sortit prudemment du lit, éteignit toutes les torches, sauf une, plantée dans son anneau de fer, contre la porte de la chambre et s'assit devant la fenêtre. Il fit glisser une lourde tenture sur une tringle dorée et regarda dehors la claire nuit d'été. Derrière les arbres et les coupoles dorées de l'Eglise du Couronnement, il aperçut les remparts du Kremlin qui gardent jalousement les lieux saints des Russes.

Dans quelques semaines, tout sera fini, pensa Trottau. Ivan sera revenu de Lituanie. Nous ne saurons où nous cacher... Maria souffrira au début, mais reprendra peut-être ses habitudes avec Ivan...

Quelques semaines, pensait-il...

A cent verstes seulement de Moscou, le tsar, allongé sous sa tente, ne pouvait trouver le sommeil tant les doutes et la jalousie le rongeaient. Ses yeux fixaient la lumière dansante de la lampe à huile.

Quant à Andreas Daniel von Trottau, il ne lui restait plus vingt-quatre heures de répit.

Vers midi, le tsar chevauchait lentement dans les sombres forêts de Sabnrovo où personne ne pouvait déceler sa présence. Il attendrait d'être tout près de Moscou pour sortir de l'ombre des taillis. A la même heure, Trottau descendit dans le labyrinthe, pour remonter Xenia au grand jour. Celle-ci l'attendait déjà. Sitôt qu'elle l'entendit et qu'elle devina la lueur de sa lampe, elle courut au-devant de lui, les bras grands ouverts.

Blattiev attendait dans l'antichambre circulaire, aux dalles de pierre, sur laquelle ouvraient les portes de l'habitation familiale. Il faisait cliqueter un gros trousseau de clefs. Massia, enveloppée de noir comme toujours, marchait à grands pas autour de lui comme pour le tenir en respect.

– Il est devenu fou, Igor Igorovitch! s'écria-t-elle, dès qu'elle vit Trottau et Xenia suspendue à son cou. Il veut te témoigner sa reconnaissance, ce vieil idiot! Dis-lui, médecin, que tu ne veux pas de son remerciement!

Blattiev grogna très fort et repoussa si rudement Massia qu'elle fut projetée contre le mur.

– Ne va pas avec lui! (Massia tendit vers Trottau ses mains jointes et tomba à genoux.) Au nom de Jésus, au nom de Dieu le Père, ne va pas avec lui! Il est fou! Ne va pas voir ça, je t'en prie!

Un rire muet éclaira le visage barbu de Blattiev. Malgré sa pilosité hirsute, sa joie éclatait de pouvoir confier son grand secret au sauveur de sa fille. Le *secret* au nom duquel, depuis vingt ans, il vivait sans soleil, sans air pur. Le secret à cause duquel on lui avait arraché la langue. Il fit un signe en agitant le trousseau de clefs, poussa une énorme porte et avança pesamment devant Trottau, après avoir arraché du mur une torche enflammée.

Trottau le suivit.

Massia resta en arrière; elle avait attiré violemment Xenia contre sa poitrine et la tenait de toutes ses forces, comme si le diable voulait la lui enlever.

Blattiev balançait ses clefs et grognait joyeusement. De l'autre main, il élevait la torche le plus haut possible. Un courant d'air frappa Trottau au visage.

Ce fut comme une haleine fétide, aux relents d'excréments, d'urine et de viande avariée, qui lui coupa le souffle.

Blattiev se retourna; mêlés au cliquetis des clefs, les sons qui gargouillaient dans sa gorge eurent soudainement l'effet magique d'un chant. Ils suivirent un large corridor qui déboucha dans une vaste salle, au plafond très élevé, soutenu par des colonnes, et dont la voûte d'arêtes laissait pendre des lustres en fer forgé, porteurs de grosses bougies.

Elles n'étaient pas allumées. Seules, deux misérables torches vacillaient dans les ténèbres; les parois menaçaient d'étouffement les visiteurs; une odeur délétère imprégnait toujours plus les souffles, malgré les trous d'aération qu'on voyait au plafond.

Blattiev s'arrêta. Puis il se retourna en riant vers Trottau, qui le suivait avec hésitation. Quand la lourde porte de chêne s'était refermée sur eux et sur ce mystère souterrain du Kremlin, Trottau avait eu le pressentiment d'une terrible menace. A présent, le grognement joyeux de Blattiev l'apaisait presque, le rassurait.

Devant eux, une porte à deux battants stupéfia

Trottau. Les panneaux étaient faits de planches très épaisses, maintenues ensemble par des croisillons de fer solidement rivés. Lorsque Trottau rejoignit Blattiev, il comprit que l'odeur nauséabonde venait de derrière cette porte.

– Faut-il que je voie ça? demanda Trottau.

Il ne reconnaissait pas lui-même sa propre voix, tant elle était assourdie, comme si son timbre cessait de vibrer sous ces voûtes sinistres.

Blattiev répondit par un petit signe de la tête et introduisit sa grosse clef dans la serrure. En tournant, la clef fit entendre un grincement épouvantable mais qui pouvait, après tout, faire partie d'une mise en scène : quiconque se présentait devant cette porte devait nécessairement frémir quand la clef tournait dans la serrure. La porte s'ouvrit. Comme un poing, l'odeur de pourriture frappa Trottau au visage. Il retint sa respiration et saisit involontairement le bras de Blattiev. Igor Igorovitch entraîna Trottau à sa suite.

Ils atteignirent une galerie, une sorte de tribune, faite de dalles lisses soutenues en dessous par de gros arcs-boutants de fer cimentés dans le mur. Une grille épaisse de fer forgé entourait cette galerie. A droite, un escalier descendait raide, enfermé dans une grille. Cela ressemblait à une cage. En bas des marches, on rencontrait une autre porte de fer, si épaisse celle-là qu'on ne pourrait la défoncer.

Blattiev et Trottau entrèrent dans la tribune.

Une sorte d'arène presque circulaire se trouvait en bas. Du plafond descendaient de grosses lampes à huile qui brûlaient constamment. Blattiev avait mission de les remplir. Pour ce faire, il devait les saisir avec une longue perche munie d'un crochet. Ces lampes se balançaient au bout de grosses chaînes. La fumée grasse qu'elles répandaient avait noirci la pierre au-dessus d'elles, malgré de multiples ouvertures percées dans les voûtes.

Blattiev s'approcha de la balustrade entourant la tribune et regarda en bas.

Quatre mètres plus bas, sur une épaisse litière de paille, étaient affalés trois formidables ours, noirs et bruns, aux carrures impressionnantes. Sentant la présence d'êtres humains, ils se redressaient déjà, appuyaient leurs larges dos au mur de maçonnerie et levaient leurs grosses têtes. Au-dessus de leurs museaux effilés scintillaient glacés, mauvais, inexpressifs, comme une menace constante et mortelle, leurs petits yeux de plantigrades.

Des ours! De leurs pattes aux griffes recourbées, ils prenaient appui pour soulever leur arrière-train.

Lorsque Trottau vint se placer à côté de Blattiev, ils se mirent à balancer en silence leurs mufles pesants. Rythme qui exprimait une terrifiante attente. Trottau, appuyé contre la grille, regardait en bas. Il avait souvent vu des ours. Aux foires annuelles, les montreurs d'ours étaient bien accueillis avec leurs bêtes dressées qui dansaient aux sons de la flûte, exécutaient des galipettes et mendiaient des pièces de monnaie. Cependant, on était rassuré de voir de grosses moufles de cuir à leurs pattes. De plus, par un anneau passé dans leur nez – et qui les faisait horriblement souffrir à la moindre incartade – leur maître les tenait fermement en laisse.

Mais qu'étaient ces ours bateleurs comparés à ces trois monstres gigantesques qui vivaient ici sous le Kremlin et regardaient fixement Trottau? C'étaient des animaux d'une grande beauté, des montagnes de muscles au pelage épais et hirsute.

Blattiev leur fit un signe. Ses grognements devinrent soudain un langage presque articulé. Trottau remarqua même des changements de ton, et comprit que Blattiev appelait les ours par leur nom et leur parlait à sa façon. Comme Massia, ceux-ci semblaient le comprendre. Ils retombèrent sur leurs pattes antérieures et abandonnèrent la position de combat. Satisfaits, ils trottinèrent vers la porte de fer, où se trouvait un cuveau rempli de viande.

– Qu'est-ce que... ça signifie? lança Trottau.

L'émotion et la puanteur lui coupaient presque la respiration.

Blattiev se pencha par-dessus la balustrade et fit un geste vers le bas. Trottau vit du regard la direction indiquée, vit quelques os rongés et, comme médecin connaissant l'anatomie humaine, il les reconnut aussitôt...

Trottau se rejeta en arrière. Pris d'un malaise, il s'adossa au mur et ferma les yeux.

– Mon Dieu! balbutia-t-il. Mon Dieu, Blattiev... c'est ça ta vie?

Il comprenait enfin pourquoi le tsar avait fait arracher la langue de Blattiev. Ce qui se passait là, en bas, ne devait jamais être su à la surface de la terre...

– Je veux sortir, dit Trottau d'une voix affaiblie. Igor Igorovitch, un médecin doit avoir les nerfs solides. Mais cela, c'est trop! Laisse-moi m'en aller!

Il ouvrit violemment l'épaisse porte de chêne bardée de fer et s'enfuit de la tribune. Il courut le long du couloir jusqu'à la seconde porte et attendit là. Derrière lui la clef grinçait en refermant la serrure de la première porte. La puanteur devenait moins intense. Lentement, les pas de Blattiev se rapprochèrent.

Dans la pièce centrale de leur habitation souterraine, sur laquelle ouvraient les portes des autres pièces, Massia les attendait. Enorme, sombre, monolithique, elle avait noué son fichu sur ses yeux. Trottau respira profondément l'air froid de cette retraite qui, pour les Blattiev, devait être aussi pur que, pour lui, le grand vent du dehors.

– Te voilà satisfait? demanda Massia durement. Trottau secoua la tête :

– Non, dit-il à voix basse, non, Massia Fillipovna... Où est Xenia?

– Je l'ai envoyée dans son coin, c'est une enfant obéissante : nous avons à discuter avec toi d'une certaine question, médecin!

– Laisse-moi voir Xenia, Massia Fillipovna, il faut que je lui parle... A présent, j'ai quelque chose à lui dire.

– Non.

– Je sais qu'elle attend ce que je veux lui dire.

– Je le sais aussi, médecin. Nous ne sommes pas aussi nigauds que tu crois, même si le soleil ne nous éclaire pas. Mais il faut d'abord que tu t'expliques avec nous!

Massia souleva un rideau, Trottau passa devant elle et pénétra dans la pièce où il avait vu Xenia pour la première fois. Sur la table de bois mal équarri, il y avait à présent des gobelets de terre cuite emplis de vin rouge et, au milieu, dans un panier de vannerie primitive, de gros morceaux de pain noir et une coupe emplie de gros sel.

– Assieds-toi, ordonna Massia.

Trottau obéit et s'assit sur la paillasse. Blattiev et Massia restèrent debout devant lui, de l'autre côté de la table. Avant même que Massia reprenne la garde, Trottau sut que cette heure était la plus solennelle et la plus décisive de son existence.

– J'aime Xenia, dit-il à voix basse. Massia Fillipovna, Igor Igorovitch, c'est vrai. Au nom de ma mère et de tout ce qui m'est sacré en ce monde, je déclare que je l'aime. Cet amour me brûle comme un brasier contre lequel on ne saurait se défendre.

– Nous le savons, Andrei. Igor n'a plus de langue, mais ses yeux sont aussi vifs que ceux des ours. Si tu aimes Xenia, ce peut-être le plus grand des bonheurs comme le plus grand des malheurs. Tu es médecin, mon fils, le médecin de la tsarine. Tu viens de la surface de la terre où nous n'aurons jamais le droit de retourner. Xenia pas davantage... Qu'arriverait-il alors, le sais-tu, médecin ?

– Oui. Je guérirai Xenia de sa maladie et je l'épouserai.

– Fou que tu es! La tsarine te fera écharper!

– La tsarine? Jamais!

– Alors le tsar! Tu as vu les ours, cela seul est ton arrêt de mort et Blattiev te les a montrés parce qu'il aime sa fille. Tu es devenu ainsi un membre de notre famille... comprends-tu?

– Oui, Massia, et je m'en réjouis.

– Tu es donc un réprouvé qui, dès à présent, vit au soleil en secret.

– Vous sortirez tous bientôt de cette tombe, je vous le promets.

– Toi non plus, tu ne peux pas nous apporter le soleil sous terre. Mais assez parlé : quiconque a vu les ours doit mourir. Tu es le premier qui vive *après*, parce que tu es des nôtres. Prends de ce pain, répands ce sel dessus et bois de notre vin... Mais je te préviens, Andrei, après cela tu ne pourras jamais plus retourner en arrière.

– Tant qu'il y aura Xenia, mon univers se résoudra en elle. (Trottau se pencha pour prendre un morceau de pain, le trempa dans le sel, saisit de l'autre main un gobelet et regarda Massia et Blattiev.) J'aime Xenia, dit-il lentement. Dieu m'en est témoin.

Il mordit dans le pain, éleva le gobelet à ses lèvres et but à longs traits.

– Sois béni, mon fils, dit Massia d'une voix tremblante. Tu en as décidé... à présent, va trouver Xenia...

Trottau se leva d'un bond :

– Je lutterai pour vous, j'ai de l'influence sur la tsarine!...

– La tsarine! (La voix de Massia devint sinistre, frémissante de haine :) Cette putain tcherkesse! Tu n'as pas vu Maria Temriouka rire aux éclats sur la galerie, tandis que les ours déchiquetaient un homme qui criait grâce et qui se lamentait, en suppliant Dieu de lui venir en aide?

– Ce n'est pas vrai..., balbutia Trottau. Maria ici dans ces souterrains voûtés? Spectatrice du plus cruel des meurtres?

Cette femme merveilleuse, qui n'était qu'amour, pouvait regarder des ours déchirer les chairs d'un être humain? C'est impensable.

– Elle est venue ici, en bas, quatre fois. Trois fois avec le tsar. Elle applaudissait lorsque le boyard Tchereniev se sauvait devant les ours en rasant les murs. Et les ours jouaient avec lui. Ils le poursuivaient et le forçaient à fuir de plus en plus vite, sans trêve. Il criait, élevait ses mains jointes vers le tsar, pleurait et le conjurait de l'épargner au nom de sa femme et de ses quatre petits enfants. Il courut longtemps; puis, titubant, tomba à genoux et ne s'adressa plus qu'à Dieu.

– Et la tsarine? demanda Trottau d'une voix blanche.

– Elle excitait les ours. Plus vite! plus vite! criait-elle. Arrachez-lui le cœur de la poitrine! Et lorsque les ours se jetèrent sur Tchereniev et le déchirèrent, elle cria de joie et étreignit le tsar. Quel spectacle! s'extasiait-elle. Ivanouchka, je t'aime! Elle est ainsi, la tsarine.

Trottau baissa la tête : Ce sont ses propres paroles, pensa-t-il, elle parle ainsi dans l'ivresse de l'amour... c'est atroce...

– Elle est venue ici trois fois? reprit-il pour dire quelque chose.

– Quatre fois. Un jour, elle est venue seule; elle fit exécuter son amant, le prince Kataloï. C'était le meilleur moyen de l'écarter... Le prince Kataloï disparut purement et simplement. Le tsar lui-même n'en sut rien. Il fit rechercher Kataloï pendant cent jours en promettant une récompense de cent roubles... Blattiev reçut de la tsarine deux mille roubles... (Massia eut un rire amer.) Oui, médecin, nous sommes riches, mais à quoi servent deux mille roubles dans une tombe?

Trottau vida son gobelet de vin.

Maria, pensait-il, serait-ce aussi ma fin? Serai-je déchiré dans la fosse aux ours comme le prince Kataloï, lorsqu'elle en aura assez de moi?

Il regarda Blattiev en train de manger du pain avec du sel : Me jetterait-il aussi en pâture aux ours, si la tsarine le lui ordonnait? Moi, l'époux de sa fille?

Massia parut deviner ses pensées. Elle remplit de nouveau son gobelet et dit :

– S'il le faut, nous mourrons ensemble. Il n'y aurait pas d'autre solution, si la disgrâce du tsar nous frappait... A présent, va trouver Xenia.

Xenia l'attendait avec angoisse, avec passion; elle ouvrit les bras et vola à sa rencontre; ses cheveux flottaient comme une bannière dorée.

Trottau l'attira contre lui et l'embrassa. Ce baiser décida à jamais de sa destinée.

9

Il était minuit lorsque le tsar Ivan et sa suite atteignirent les premières maisons de Moscou.

Un détachement de cavaliers était parti en éclaireurs, chassant ceux qui se trouvaient sur les chemins, faisant place nette sur son passage. Aussi Moscou était-il comme mort lorsque Ivan, entouré du cercle restreint de ses boyards favoris, chevaucha en direction du Kremlin, goûtant à l'avance sa vengeance et jouissant de sa cruauté en imagination.

Mais le tsar avait sous-estimé Maria. Elle possédait son service secret de renseignements qui lui rapportait tout ce qui se passait à Moscou et dans l'entourage d'Ivan.

Cette nuit-là, trois minutes après minuit, un messager lui apporta la nouvelle selon laquelle le tsar se trouvait secrètement à Moscou. Il venait de sortir du passage souterrain par la trappe qui s'ouvrait dans ses appartements.

– Ivan a tout de même cru les rapports calomnieux de Chemski! dit la tsarine, lorsque le messager eut été renvoyé avec bienveillance. Il veut me surprendre! (Elle caressa le visage blême de Trottau :) Mais c'est lui qui sera surpris! Et autrement qu'il s'y attend. Nous ne nous verrons plus très souvent, mon bien-aimé, mais Ivan n'aura plus beaucoup de temps pour me surveiller. Les Suédois avancent vers nous, les Polonais sont insoumis et les Lituaniens en rébellion. Il a suffisamment d'occupations dans son empire... Serre-moi bien fort, mon grand ours blond... Il faudra, pendant quelque temps, que je me contente de te voir.

Le mot « ours » dans la bouche de la tsarine fit frissonner Trottau. Il voyait la fosse profonde, circulaire, et Maria regardant froidement, au fond, son amant le prince Kataloï, tandis que les ours le déchiraient.

– Va, mon bien-aimé, dit Maria tendrement. (Elle crut que l'émotion de Trottau était due à sa peur du tsar.) Ivan oubliera tous ses soupçons dès qu'il franchira le seuil du Kremlin. Aie confiance en moi!

Elle rit, l'embrassa de nouveau et le poussa dans l'escalier dérobé.

Lorsque Trottau pénétra dans sa maison, Afanasi Loukanovitch Sabotkin, son serviteur, était encore debout. En silence, il apporta à son maître une grande coupe de tisane chaude au parfum exquis.

– Va, ordonna Trottau durement, place-toi devant la porte, les streltsy du tsar viendront bientôt me prendre!

Aucune émotion ne parut sur le visage du géant Sabotkin :

– Bois, maître, dit-il, c'est une tisane au miel.

Dans mon pays, on la nomme le breuvage des dieux, elle vous donnera une nouvelle âme!

– C'est exactement ce qu'il me faut. Une nouvelle âme! (Trottau se redressa :) Mon ancienne âme a été détruite aujourd'hui même.

– Alors bois.

Sabotkin lui tendit la coupe. Lentement, Trottau aspira le breuvage brûlant qui était aromatique et sucré.

– Voilà qui réconforte, dit-il entre deux gorgées. Afanasi, tu es peut-être meilleur médecin que moi.

– Il n'est pas sage pour toi de rester ici.

Sabotkin éloigna la coupe vide.

– Où irai-je? (Trottau s'assit sur son lit.) M'enfuir? Jusqu'où irais-je? La main du tsar est partout, et pourquoi fuirais-je? Il n'y a pas de preuves, Afanasi... Tu es seul à savoir où j'ai passé mes nuits.

– Maître, je suis une tombe qui engloutit tout. Fuir serait bête. Tu devrais examiner le tsarévitch tandis que le tsar arrive...

– Tu sais cela aussi, mauvais sujet?

– Il est important de servir à son maître de troisième et de quatrième œil... (Sabotkin sourit dans sa barbe :) Tu peux me rosser...

– Je te donnerai dix roubles! Ton conseil est bon. Donne-moi mon sac, ma cape, Afanasi. Cours en avant et annonce-moi au tsarévitch!

Le successeur d'Ivan avait beaucoup bu ce soir-là. Arraché à son sommeil, il posa sur Trottau un regard fixe :

– Qui t'a fait venir?

– Ma conscience, seigneur! (Trottau retira la couverture en peau de loup qui recouvrait l'héritier du trône.) Il y a des examens que l'on ne fait avec succès que la nuit. La position de la lune y joue un grand rôle. Cette nuit est l'une de celles qui sont propices. Il faut que j'écoute votre cœur, seigneur...

Il souleva la chemise du prince et posa son oreille sur sa poitrine. Je fais cela pour toi, Xenia, pensait Trottau. Je ferais tout pour toi! Même mon renom de médecin, je le livre en pâture au ridicule! Mais il le faut. La mort chevauche en cet instant à travers Moscou.

Après le départ de Trottau, Maria retourna dans sa chambre. Elle frappa sur un grand gong placé dans un coin et, lorsque les gardes du corps firent irruption dans la pièce en courant, suivis par les caméristes affolées, la tsarine était assise dans son grand lit, les mains jointes.

– Mes vêtements de cérémonie! leur lança-t-elle. Ma couronne tcherkesse! Dire que nul ne s'est rappelé ce jour! Je me suis réveillée après un rêve où Dieu me disait : Maria, m'as-tu oublié? C'est aujourd'hui le jour où je guéris un paralytique et rendis la vue à un aveugle! Et tu dors? Alors je me suis éveillée et j'ai pleuré de honte. Qu'avez-vous à bâiller autour de moi! Vite, allez chercher les moines! Que le père Prokorei vienne au plus vite! Mes vêtements de fête! Courez! Courez!

Pendant que Ivan traversait Moscou encore endormi, les moines d'un couvent proche de l'église du couronnement se rassemblaient, et leur foule déferlait vers le palais du tsar, sous la conduite du père Prokorei.

Dans la chambre de la tsarine, un maître de cérémonie et quatre serviteurs allumaient plus de cent cierges plantés dans des flambeaux d'argent. Puis ils apportèrent de pesantes icônes aux ors chatoyants. La tsarine était enveloppée d'une large et longue robe de soie. Ses cheveux flottaient librement sur ses épaules. Elle portait la couronne tatare de Kazan, couverte de pierres précieuses. Elle s'était assise, ainsi parée, sur un siège de vermeil, droite, immobile comme une statue, tout enveloppée de lueurs dorées.

Au loin, on entendait les pas cadencés des chevaux. Ivan entrait dans le Kremlin.

– Chantez! ordonna la tsarine. Le Gloria!

Dès le seuil de la cour intérieure de son palais, Ivan entendit des chœurs admirables. Il arrêta son cheval : Qu'est-ce que cela? Les moines chantent le Gloria? Il mit pied à terre, jeta ses rênes à un écuyer et se hâta vers l'entrée des appartements.

Dans l'escalier, Ivan s'arrêta encore. La voix merveilleuse du père Prokorei résonnait dans toute la demeure.

Lentement, le tsar continua d'avancer. Avec son visage blême, éclairé par la lueur des cierges, son crâne surmonté de la coiffe guerrière, son manteau tatar brodé, jeté sur ses épaules, les pieds encore recouverts de mailles de fer noir, Ivan pénétra dans la salle d'où provenaient les chants. Les icônes d'or l'éblouirent; comme figée dans l'humilité, la tsarine, assise au centre de la salle, priait.

Lentement, Ivan se découvrit et s'inclina devant les saintes images, puis il alla se placer derrière le siège doré et posa ses mains sur les épaules de Maria. Lorsque ses doigts jouèrent avec ses boucles noires et soyeuses, elle sourit et pencha la tête à droite jusqu'à frôler de sa joue la main du tsar.

Dans le cœur d'Ivan tout fondit : le désir de vengeance, le doute, la jalousie, la cruauté. Depuis l'enfance, il était sensible aux belles voix et aimait les chants des moines. Souvent, il les faisait venir au Kremlin, afin de les écouter seul. Ensuite il restait assis, perdu dans ses pensées, les yeux clos, songeant à son enfance qui avait été pleine de duretés et de méchancetés, d'intrigues et de brutalités, mais aussi pleine de désirs inassouvis. En ces heures, enveloppé de chants, le tsar n'était plus un monarque terrifiant, mais un fort petit homme, capable même de pleurer lorsque le cantique « Dieu aie pitié... » montait vers le ciel.

Le tsar Ivan était victime de la plus grande imposture jamais perpétrée contre lui.

Lorsque les chants cessèrent, Ivan se pencha vers Maria et déposa un baiser sur son front : Mon ange, je t'aime. J'ai chevauché jour et nuit pour te revoir... (Puis il ajouta, comme par hasard :) Où est Trottau, le médecin?

– Je l'ignore, mon bien-aimé.

– Tu le connais?

– Il m'a soignée une fois alors que ma tête éclatait presque de souffrances...

– Un joli garçon, n'est-ce pas?

– Un paysan allemand! (Maria baisa la main d'Ivan :) Mon cœur bondit de joie, puisque tu es revenu!

Les moines reprirent leurs chants : « Seigneur Dieu, nous te louons... tu es la force créatrice... »

A nouveau, Maria se recueillit. Ivan s'éloigna sans bruit et ne vit pas que Maria coulait vers lui un étrange regard sous ses paupières baissées.

Dehors, devant le portail, le tsar fit signe à un streltsy :

– Sait-on si le médecin allemand est chez lui?

– Sublime Tsar, le médecin est auprès du tsarévitch, répondit un grand homme barbu qui attendait dans la pénombre.

– Qui es-tu?

– Le serviteur du médecin, Grand Tsar.

Sabotkin s'inclina très bas. Sans rien dire à Trottau, il était venu de lui-même en ce lieu, afin d'effacer tout lien visible entre lui et la tsarine.

– Suis-moi! dit Ivan avec un geste, je veux parler au médecin.

Sabotkin courut pour le précéder. Il savait que Trottau devait être au milieu de son examen médical. Ce serait un spectacle qui convaincrait le tsar de la fausseté de ses soupçons. Devant la porte du tsarévitch, le serviteur s'arrêta et tomba à genoux.

– C'est ici, Grand Tsar.

Un coup de pied du tsar le rejeta de côté.

Un second coup de pied ouvrit la porte.

Trottau se redressa au-dessus du lit vers lequel il était penché et étendit ses bras nus, il était en train de masser l'héritier du trône.

Tête baissée comme un aigle qui guette une proie dans les hautes herbes, le tsar restait arrêté sur le seuil.

Pendant un moment qui parut à Trottau une éternité, ils restèrent face à face. Le tsar, jambes écartées, appuyé sur son bâton ferré; le médecin, incliné très bas. A l'arrière-plan, le tsarévitch se redressait sur son lit, refermait sa chemise sur son étroite et blême poitrine et posait les pieds par terre.

– Dieu te bénisse, petit père! D'où viens-tu? Personne ne t'attendait!

– J'ai appris à voler, mon fils! répondit le tsar. (Il tendit le bras droit et toucha de la pointe de fer de son « pasoch » le cou de Trottau qui attendait toujours le front penché.) Tu es un homme instruit, médecin, tu me diras qu'un homme ne peut pas voler, mais moi je te dis : j'ai su voler. Me crois-tu?

– Oui, seigneur.

Trottau se redressa. Leurs regards se heurtèrent comme des lames d'épées.

Le tsar haussa ses sourcils touffus : Cet homme ne connaît pas la peur, pensa-t-il. Voilà la pointe de mon gourdin qui effleure sa gorge et il me regarde avec toute la fierté du plus fort! Il faudrait à présent enfoncer cette pointe, un petit geste du poignet seulement, et nul en ce monde ne s'inquiéterait plus de Trottau. Qu'ils soient médecin ou boyard, ce sont tous des koulaks. Ma seule volonté les fait vivre. Il faudrait vraiment enfoncer cette pointe!

Mais il ne le fit pas. Lentement, il abaissa le posoch et s'appuya à nouveau sur lui tandis que la pointe transperçait l'épais tapis.

– Tu me réponds *oui*? Comment des idiots peuvent-ils devenir médecins?

– Pourquoi les tsars ne voleraient-ils pas? Le tsar ne peut-il pas tout?

– Voilà une bonne réponse. (Ivan s'assit sur un siège contre le lit du tsarévitch.) J'avais la nostalgie de Moscou, reprit-il après quelques minutes d'angoissant silence. (Le tsarévitch aussi se taisait, il connaissait son père mieux que Trottau et voyait dans les yeux d'Ivan le scintillement froid de sa cruauté et cette joie que doit éprouver un chat qui s'amuse avec une souris sans défense.) Connais-tu le désir, médecin?

– Oui, sublime tsar.

Trottau était sur ses gardes. La conversation prenait un tour dangereux. La question suivante le prouva.

– Cite-moi certaines nostalgies ou désirs, médecin!

– Le regret du pays natal, seigneur.

Ivan baissa la tête :

– C'est la nostalgie ancestrale des Russes... c'est juste, continuons!

– Le désir de paix.

– Un rêve, médecin.

– Le désir d'être riche.

– Il détruit la personne humaine.

– Le désir de posséder la santé.

– Un rêve prodigieux. Existe-t-il des individus bien portants, médecin? Tu dois le savoir : as-tu déjà une seule fois dans ta vie vu un individu parfaitement sain?

– Non, sublime tsar.

– Je suis donc également malade?

– Comme aucun humain n'est parfait, un corps aussi peut avoir des imperfections.

Le tsar posa son menton sur ses poings qui étreignaient le posoch :

– Sont-ce là toutes les nostalgies que tu connaisses?

Le piège était ouvert, mais Trottau n'y tomba pas :

– Les plus importantes, seigneur.

– Et le désir de posséder une femme?

– On l'éprouve, sublime tsar, mais on n'en parle pas.

– Bien paré, médecin, mais trop hardiment! (La tête d'Ivan se redressa :) Tu connais donc le désir de posséder une femme?

– Oui, seigneur.

Ils se regardèrent de nouveau. Dans les yeux d'Ivan scintillaient une lueur impitoyable et le sentiment de sa puissance. Trottau comprit alors pourquoi chacun en Russie s'agenouillait dans la poussière, lorsque le tsar le regardait et pourquoi on remerciait Dieu avec grande joie, quand le tsar s'était éloigné sans laisser de sang derrière lui.

– Quelle femme? As-tu aussi le courage de dire son nom?

– Elle s'appelle Elisabeth et vit à Aix-la-Chapelle.

La réponse fut claire et précise autant qu'inattendue. Ivan se tut, interdit. Comme le tsarévitch riait tout bas, il se retourna vivement et frappa le sol de son gourdin.

– Pourquoi es-tu devenu médecin, dis-moi ça, l'Allemand? (Le tsar enfonça son posoch ferré dans les longs vêtements noirs de Trottau jusqu'à atteindre sa peau. Trottau se tenait immobile. Le plus léger mouvement pouvait enfoncer la pointe acérée dans sa poitrine.) Un homme comme toi s'apparente aux fous, car seul un fou peut en ce monde dire la vérité. Le fait qu'on se gausse de lui prouve combien la vérité est une ennemie redoutée. J'ai jusqu'à présent vaincu tous mes ennemis, le sais-tu, médecin?

– On le dit, sublime tsar.

– On le sait! cria Ivan. De quelle maladie souffre la tsarine?

– De solitude, seigneur.

– Quel imbécile! Tout l'empire russe appartient à Maria.

– Que peut bien faire une femme avec un empire? La plus sale hutte est pour elle plus précieuse, si elle contient son bonheur.

Ivan s'adossa. Son visage changea. La cruauté disparut de ses yeux.

– Maria est-elle malheureuse? demanda-t-il à voix basse. Te l'a-t-elle dit?

– Comment une tsarine en parlerait-elle à un humble serviteur? Mais un médecin lit les maladies même dans le regard. « Dans les yeux, on distingue l'âme », disait déjà Hippocrate. Lorsque vous étiez en Lituanie, Grand Tsar, elle avait les yeux tristes.

Ivan bondit. Le tsarévitch se tapit aussitôt, les yeux exorbités. A présent, il va le transpercer, pensait-il. La Lituanie et la Pologne sont les préoccupations maudites du tsar et Trottau ose nommer la Lituanie en même temps que la tsarine! C'est, certes, un bon médecin, mais c'est un idiot! Adieu, petit frère...

– Tu m'examineras demain, dit Ivan durement. Tiens-toi prêt après la messe du matin. (Il se dirigea vers la porte et s'arrêta brusquement :) Non, pas demain, maintenant! Un tsar est toujours bien portant, sais-tu cela?

– Je vais l'apprendre, seigneur.

Trottau boutonna son vêtement, prit sa trousse qu'il avait posée par terre et s'inclina devant le tsarévitch figé d'inquiétude.

– Tu vas le voir et l'entendre! (Un sourire mauvais apparut sur les lèvres du tsar :) Je vais te montrer comment on guérit la tsarine!

Il rouvrit la porte. Les gardes du corps en attente dans l'antichambre étaient raides comme des arbres, même leurs yeux semblaient de bois. Le tsar se précipita dans les longs couloirs, son manteau tatar flottant autour de sa silhouette décharnée. Trottau le suivait et, plus ils se rapprochaient des moines qui chantaient toujours, plus son cœur se crispait douloureusement. Il croyait deviner les pensées et les plans d'Ivan par lesquels lui, Trottau, deviendrait le confident d'actes qui le livreraient à jamais au tsar.

10

Maria Temriouka poursuivait ses oraisons, toujours assise sur son siège d'apparat. Les moines chantaient leur dixième Credo. Trois jeunes novices du couvent renouvelaient les cierges. Deux gigantesques serviteurs agitaient de grosses cloches en bronze que l'on venait d'apporter... C'était un office d'une ferveur bouleversante, tel qu'on n'en célébrait généralement qu'à Pâques.

Le tsar s'arrêta au milieu de la pièce et fit signe à Trottau de se placer à son côté. La clarté des nombreux cierges dansait sur le visage d'Ivan.

– Qu'elle est jolie! dit-il, enroué par l'émotion.

– C'est une fête magnifique, répondit Trottau.

– Je parle de la tsarine, tête creuse. (Ivan rejeta son manteau tatar qu'il laissa simplement tomber à ses pieds et ôta sa coiffe pointue brodée d'or.) Dehors! rugit-il si fort que sa voix couvrit les chants pieux qu'elle tailla comme une épée. (Les voix des moines se turent, s'engluèrent, se noyèrent dans ce cri.) Sortez tous! Vous chanterez de nouveau au coucher du soleil! Le patriarche dira la messe! Je veux voir autour de moi tous les popes de Moscou! Je veux baiser la croix consacrée! Mais à présent, sortez! Sortez tous!

Les moines rassemblèrent les plis de leurs robes et s'élancèrent hors de la pièce. Les novices les suivirent à la même allure ainsi que les deux serviteurs géants.

Ivan se retourna, fit trois grands pas et se planta devant Maria. D'une poigne dure, il agrippa sa robe somptueuse et la déchira sur la poitrine. Il l'arracha en trois secousses brutales, si bien que la tsarine parut dénudée jusqu'à la taille, immobile sur son siège d'or, blanche comme sculptée dans l'albâtre.

– Elle est malade? s'écria Ivan en proie à une violente exaltation (Il fit signe à Trottau d'approcher.) Viens ici! Regarde-moi ça! Est-ce le corps d'une malade?

Obéissant, Trottau se plaça devant la tsarine, dont les yeux le transpercèrent lorsqu'il se pencha pour appliquer son oreille en dessous de ses seins. D'un coup de pied, Ivan le projeta de côté. Puis il rit, d'un rire terrible, dément, qui glaçait le sang.

– C'est ainsi qu'un tsar guérit les maux de la tsarine! cria-t-il. Regarde bien, médecin! Reste là et ne bouge pas!

Il tira Maria hors de son fauteuil et la poussa vers le grand lit. Ce qui se passa alors fut un spectacle qui resta dans le souvenir de Trottau comme gravé au fer rouge, comme une marque infamante, à jamais ineffaçable.

Jusqu'à l'aube, il resta debout devant le mur couvert d'icônes, tandis que Ivan et Maria, sur le vaste lit, en proie à une passion déchaînée, faisaient l'amour comme on se bat jusqu'à la mort. Ils semblaient avoir oublié la présence du médecin – mais il n'en était rien.

A deux reprises, au plus aigu de l'extase, Ivan tourna la tête et regarda Trottau intensément, avec une expression de triomphe qui ne masquait pas une menace évidente que Trottau comprit fort bien : qui a vu cela, qui a été témoin de la manière dont le tsar rend hommage à la tsarine, n'est plus un homme, à peine une chose... non! moins encore que l'air qui enveloppe des corps en sueur, des corps brûlants...

Au bout de deux heures, Ivan s'effondra et tomba du lit, épuisé. Il resta étendu sur les fourrures étalées sur le plancher, à demi évanoui. Ivan était vaincu. Il s'endormit, misérable petit corps humain crispé et recroquevillé sur lui-même.

La tsarine se glissa hors du lit, s'agenouilla près de lui et posa la tête d'Ivan sur ses seins. Puis elle lui mit ses mains sur le visage, rejeta la tête en arrière et récita d'une voix chantante, dans une langue inconnue, de très anciennes formules magiques qui exorcisaient le tsar. Maria se remémorait des croyances issues de la vieille Asie. Les cierges se consumaient. Seules, deux lampes à huile éclairaient la grande chambre. Les icônes dorées luisaient faiblement et, devant elles, l'homme le plus puissant du monde restait étendu, brisé par un amour qui dépassait ses forces. Obscur, réduit à l'état d'ombre, Trottau se tenait toujours auprès du lit, cloué sur place par cette révélation : s'il vivait encore, sa vie ne lui appartenait plus.

Le chuchotement monotone des formules magiques cessa. Maria parut se réveiller d'une méditation qui l'avait transportée dans un autre monde.

– Il sera toujours mon esclave, dit-elle dans un

murmure. Il peut régner, mais il ne me dominera jamais. Pourquoi ne dis-tu rien, ours blond?

Trottau fit une profonde aspiration. Ce qu'il avait été obligé de voir le séparait à jamais de la tsarine. Elle ne le comprenait pas encore et il eût été mortellement dangereux de le lui révéler.

– Nous avons eu de la chance, répondit-il. Il aurait pu nous surprendre.

La tsarine eut un rire contenu, elle repoussa la tête d'Ivan et alla, nue, en balançant ses hanches, se placer devant Trottau.

– Il m'a aimée sous tes yeux, dit-elle. Ainsi, il a fait de toi le second tsar!

– Je suis anéanti! J'ai perdu cette nuit ma personnalité!

– Mais tu m'as conquise pour toujours, n'est-ce pas un bon échange?

Elle l'étreignit et le couvrit de baisers. Il les supporta, ferma les yeux, pensa à la pureté céleste de Xenia et se sentit comme délivré de l'enfer lorsque Maria dénoua ses bras et regagna son lit.

Dès les brumes de l'aube – une chaude journée s'annonçait dans le ciel de Moscou – Maria enfila une longue robe, légère comme un voile, et sortit de sa chambre. Trottau s'était endormi dans le fauteuil doré. Il sursauta, réveillé par un coup de pied.

Ivan se tenait devant lui, pâle, de larges cernes sous les yeux, titubant de faiblesse.

Trottau se leva d'un bond et s'inclina :

– Le tsar désire-t-il quelque chose? dit-il.

– Tu ne dois pas dormir, gueux!

Ivan se pencha en gémissant, ramassa son manteau tatar et le jeta sur ses épaules; puis il saisit son gourdin ferré qu'il avait appuyé au mur et rassembla toutes ses forces pour l'enfoncer dans l'épais plancher de madriers. Enfin, reculant d'un pas, il sourit, haineux. Le grand gourdin vibrait entre eux, arme devenue mortelle.

– Arrache-le! ordonna le tsar, *c'est ton destin!*

– Je le sais, seigneur.

Trottau saisit le posoch, l'arracha du plancher, puis son bras s'éleva et enfonça la longue pointe de fer si profondément que le manche ne pouvait pas vibrer.

De ses petits yeux aux paupières crispées, Ivan avait regardé...

– La force n'est rien, reprit-il, le pouvoir est tout!

La tsarine reparut. Elle était seule et tenait dans ses mains un plateau de laque chinoise où il y avait un grand bol de thé à l'arôme exquis. Elle posa le plateau sur le lit, alla vers les fenêtres et poussa les rideaux, afin de laisser pénétrer le soleil matinal, pâle encore. Puis elle revint, fit glisser sa robe de ses épaules et servit, nue, son thé au tsar.

Ivan serra les poings. D'un coup brutal, il arracha le plateau des mains de Maria, puis il plongea ses doigts dans sa noire chevelure flottante et, d'une secousse, l'attira à lui.

– Tu veux me tuer, diablesse? cria-t-il. Que fais-tu de moi? Ta beauté me consumera!

Il se redressa. On voyait qu'il tendait ses muscles. Puis un terrible coup de poing atteignit Maria au sommet du crâne.

Elle vacilla, chercha à se retenir, tandis qu'un sourire passait sur son visage et que ses lèvres esquissaient des mots. Trottau devina l'aveu : Tu es le maître! Frappe encore, Ivanouchka! Je suis heureuse, seigneur des seigneurs! Puis elle s'effondra.

Ivan se tourna vers Trottau : – Telle est pour un tsar la manière de guérir les maladies des femmes!

conclut-il satisfait. A présent, c'est ton tour, médecin. Réveille-la...nous boirons ce thé matinal en joyeuse entente.

Ce ne fut que tard dans la matinée que Trottau fut autorisé à regagner sa demeure de la place du Kremlin. Son serviteur, Afanasi Loukanovitch Sabotkin, l'attendait. Il avait coulé un bain chaud dans une grande cuve de bois et se tenait à côté, ayant aussi préparé des serviettes chaudes et empli deux seaux d'eau froide placés à portée de la main.

– Cela te fera du bien, maître, dit-il. Dans mon pays, on dissipe les fatigues de la nuit à l'aide d'eau froide et d'eau chaude que l'on fait alterner... Voilà qui chasse du corps les mauvais esprits!

– Vous m'avez l'air d'être des gens raisonnables, Afanasi!

Trottau se déshabilla et s'assit dans l'eau chaude. Il en éprouva comme un choc, son sang se mit à battre ses tempes, puis il se leva d'un bond comme piqué par une tarentule lorsqu'Afanasi lui envoya sur le corps un seau d'eau glacée.

– Es-tu fou? cria Trottau.

– Le diable s'en est allé, maître! (Sabotkin avait un large sourire :) Encore une fois de l'eau chaude... puis de la froide... et tu te sentiras capable de dresser un étalon!

Sans attendre son consentement, il repoussa Trottau dans la grande cuve et, comme Sabotkin était un géant, Trottau fut incapable de se défendre. Il se plongea dans l'eau chaude et en ressortit aussitôt d'un saut, car un second seau d'eau froide vint le frapper comme un poing d'acier.

– Il faut noter ça, Afanasi, diable doucheur, dit

enfin Trottau en s'enroulant dans un drap chauffé. Dans l'expérience acquise au cours des siècles se trouve la clef de maint secret. Je me sens frais comme jamais encore! Où est l'étalon que tu m'as promis, gueux barbu?

Sabotkin eut un rire heureux. C'est un bon maître, pensait-il avec une tendresse presque paternelle. Le premier qui ne rosse pas son esclave, qui ne lui crache pas au visage. Il ne lui envoie pas des coups de pied dans le ventre, et ne lui casse pas son gourdin sur le dos... Il me traite en homme...

Il tomba à genoux, saisit la main droite de Trottau et la baisa passionnément :

– Seigneur, je ne suis qu'un misérable et stupide palefrenier, mais pour toi je me ferais trancher la tête!

– Pourquoi, Afanasi? J'ai encore besoin de ta tête. Cherche-moi quelque chose à manger, une tisane chaude, et réponds à tous ceux qui voudront me voir que je suis parti à cheval en ville.

Sabotkin s'inclina très bas :

– Elle est déjà étendue au soleil, dit-il.

Trottau se sentit comme transpercé d'une flèche. Il releva vivement la tête barbue de Sabotkin :

– Qui?

– Xenia Igorovna.

– Que sais-tu de Xenia, démon?

– Lorsque le maître se montre imprudent, il convient que son ombre le couvre : j'étais dans le jardin et j'ai fait le guet alors que le maître s'y trouvait.

– Comment sais-tu son nom?

– L'ombre est une enfant du soleil. Quel est l'enfant qui ne connaît pas sa mère?

Trottau lâcha Sabotkin. Inutile de poser d'autres

questions, cela ne servirait plus à rien de savoir comment Sabotkin se trouvait au fait de la situation. L'important était que Sabotkin se trouvât toujours près de lui et Trottau savait qu'il n'était nulle part autant en sécurité que sous sa protection.

– Je m'en vais la rejoindre tout de suite, dit-il. Va vite me chercher ma tisane et des vêtements de rechange !

– Prends ton temps, seigneur.

Sabotkin fit basculer le grand cuveau de bois sur le rebord de la fenêtre et en déversa simplement le contenu dehors.

– Le garde du corps du tsarévitch est devenu mon ami, reprit Sabotkin. La première camériste de la tsarine deviendra ma maîtresse... Le second garde à la porte du tsar est originaire de ma patrie. Petit maître bien-aimé, nous saurons tout ce qui se passe au Kremlin. Même ses murs les plus épais seront pour nous pleins de trous...

11

Sabotkin était un homme avisé et vigilant. Pourtant il y avait quelqu'un que Sabotkin n'avait pas vu et qui se glissait justement à travers le jardin privé du tsarévitch, passant d'un buisson à l'autre, d'un arbre à un autre arbre et s'approchant de Xenia, qui ne se doutait de rien et était couchée dans l'herbe, offrant son joli corps dénudé au soleil.

Tout le monde à Moscou connaissait le prince Semion Ivanovitch Pritchev. Il était en grande faveur auprès du tsar et chassait avec lui dans les forêts car, à l'époque de la mort de la première tsarine, Anastasia, il avait procuré à Ivan les plus jolies filles de Moscou et de la Russie blanche, jusqu'au jour où le tsar rencontra celle qui devint à la fois son grand amour et son plus grand malheur, Maria Temriouka.

Par la suite, il avait éloigné son ami de sa présence parce que Maria l'exigeait, mais il ne l'avait pas oublié. Il avait offert à Pritchev un grand et beau domaine, avec deux mille serfs, et l'avait nommé chevalier de la Vierge. Lors des réceptions d'accueil au Kremlin, Pritchev avait le droit de se tenir debout derrière le trône d'Ivan, une lance à la main. Lors des exécutions publiques de traîtres au tsar, le prince avait l'honneur d'abattre la première tête ou de percer un condamné de sa lance.

Le tsar était depuis deux jours à Moscou quand Semion Ivanovitch Pritchev regarda par une fenêtre, tandis qu'il parcourait les appartements du tsarévitch, et aperçut Xenia, nue, étendue au soleil. L'homme qui se trouvait auprès d'elle n'intéressa pas Pritchev. Les hommes attachés à de jolies femmes ne l'avaient jamais inquiété : ou ils fermaient les yeux, ou on les leur fermait à jamais. C'était un procédé simple, dont Pritchev n'avait besoin de faire confidence à personne. Être un ami du tsar, c'est comme se trouver caché dans les plis du manteau du Bon Dieu.

Le tsarévitch n'était pas dans la pièce lorsque Pritchev remarqua cette fille ravissante, étendue au soleil; et le prince ne lui en avait rien dit non plus, lorsque l'héritier du trône, Ivan, avait paru. Mais le lendemain, Pritchev avait observé le bain de soleil de Xenia, caché derrière un buisson où le vigilant

Sabotkin ne pouvait le voir, tandis qu'il se tenait lui-même à la fenêtre de la chambre du prince, introduit là par son allié, le garde du corps.

Le prince Pritchev avait grincé des dents en voyant Trottau et Xenia s'étreindre tendrement. L'envie de posséder ce corps de rêve, le plus beau qu'il eût jamais vu, était devenue si grande, qu'il décida d'anéantir cet homme, quel qu'il fût.

Ce matin-là, Pritchev eut de la chance. La jeune femme était seule. Comme d'habitude, elle était étendue nue dans l'herbe sous le soleil. Le prince avait réussi à atteindre silencieusement un arbre qui le cachait. Deux ou trois coudées le séparaient seulement de Xénia et le sang battait à ses tempes.

Tel une bête de proie, il bondit sur Xenia, appuya ses mains sur sa bouche et étouffa son cri.

A cet instant, Trottau poussa la trappe derrière le buisson qui la masquait et surgit des bas-fonds du labyrinthe. En même temps, Sabotkin bondit en grondant comme un loup par la fenêtre basse du tsarévitch derrière laquelle il montait la garde.

Désespérément, Xenia luttait contre le corps puissant qui pesait sur elle, se défendait par des coups de pied et mordait la main qui lui fermait la bouche; elle réussit même à se tourner sur le ventre pour crier. Ce fut un faible cri, sitôt étouffé, car Pritchev lui enfonçait le visage dans les hautes herbes. Puis il se mit à l'étrangler des deux mains.

– Mon cygne blond, haletait-il, tu prétends résister à Pritchev? Aucune fille en Russie ne l'a osé. Renonce ou je te serrerai le gosier jusqu'à ce que tu gémisses en demandant grâce. Lorsqu'on est aussi belle que toi, on appartient à Pritchev!

Son halètement bestial et les cris étranglés de Xenia dominèrent le frôlement des branchages déplacés par l'avance de Trottau dans les bosquets. Il se mit à courir, les bras tendus, et se heurta de toute la force de son élan à Pritchev qui, aussitôt, lâcha Xenia et se retourna sur l'herbe, souple comme un chat. Il roula de côté, se mit debout et fut aussitôt en posture de combat alors que Trottau se dressait sur les genoux. Les jambes écartées, la tête enfoncée entre les épaules, le boyard fixait son adversaire. Il sortit brusquement de sa ceinture son poignard court, un peu recourbé au bout, au manche doré et clouté de diamants, et grimaça un mauvais sourire.

– L'amoureux! dit-il, haletant.Voyez-moi ça, il est tout habillé de noir comme un clerc! Tu en es un sans doute? Un écrivailleur, peut-être? Qui est autorisé à lécher les bottes du grand tsar et qui se nourrit de punaises? Débarrasse-moi le chemin, koulak!

Trottau se leva. Derrière lui, Xenia restait étendue à demi évanouie, avec de larges marques rouges sur le cou. Elle pleurait, le visage dans l'herbe, les mains sur ses oreilles, tremblante de peur.

– Ignores-tu qui je suis? cria le prince Pritchev.

– Ça ne m'intéresse pas! Tu t'es attaqué à Xenia... Cela suffit pour que tu sois anéanti...

– Ecoutez-moi cette grande gueule! (Pritchev serra plus fort dans sa main le manche de son poignard.) Il y a dans Moscou trois amis du tsar : je suis le premier!

Là-dessus, il bondit sur Trottau, mais celui-ci, devinant son attaque, l'évita et le coup mortel frappa dans le vide.

Le boyard tourna sur lui-même, ses yeux luisaient

de rage et de haine. Trottau n'était pas armé. A quoi bon emmener une épée pour rejoindre Xenia dans le jardin? Aux heures réservées à l'amour on n'a besoin que de son cœur. D'autre part, ce jardin se trouvait sous la protection du tsarévitch. Nul n'avait la clef ouvrant la petite porte percée dans le mur et il semblait que la serrure rouillée n'avait pas fonctionné depuis des dizaines d'années. Trottau ne pouvait s'expliquer comment ce boyard avait pu pénétrer dans le jardin. Mais il suffisait qu'il fût là. Trottau savait qu'un seul des deux antagonistes quitterait vivant le jardin. Il n'y avait pas d'autre solution. La vie de Xenia et celle de tous les siens dépendait de l'issue de ce combat.

Pritchev de nouveau se prépara à bondir en avant. Le tsarévitch était à la chasse avec le tsar et la tsarine. Presque tous les boyards les avaient suivis. Une suite nombreuse chevauchait en cet instant à travers les forêts à la recherche des ours, des lynxs et des castors. Cinquante rabatteurs couraient en avant, munis de tambours, de cornes d'appel, de cloches et qui rameutaient le gibier vers le tsar.

Pritchev savait tout cela et il était sûr de sa victoire.

– Prie, petit clerc! s'écria-t-il. Tu es perdu!

Il s'élança de nouveau et, une fois encore, Trottau réussit à éviter son poignard à la dernière seconde. Le boyard grinçait des dents de rage, mais lorsqu'il avança vers Trottau, la lame de son arme levée haut, une pierre vint le frapper dans le dos. Pritchev se retourna. Derrière lui se dressait, avec un sourire épanoui dans son visage barbu, Afanasi Sabotkin, le serviteur de Trottau. Il adressa un signe à Trottau.

– Ne va pas te salir les doigts au contact de ce

chien puant, seigneur! dit-il de sa voix basse. Abandonne-le à ton esclave.

– A genoux! cria Pritchev, à genoux, punaise! Je suis le boyard Pritchev, trembles-tu enfin?

– Je me sauve en tremblant!

Lentement, Sabotkin se rapprochait. Le poignard tendu de Pritchev ne lui faisait pas peur.

– Le tsar va tout de suite compter un ami de moins. Pauvre tsar qui est déjà tellement seul... il le sera davantage encore!

– Va-t'en, Afanasi, ordonna Trottau, ce n'est pas ton travail!

Xenia se jeta aux pieds de son amant et étreignit ses jambes de ses bras. Dans ses grands yeux bleus il y avait toute l'épouvante du monde.

– Andrei, balbutia-t-elle. Mourons ensemble...

– Arrière! rugit Pritchev à l'adresse d'Afanasi.

A présent sa voix trahissait la peur. Il frappa de son poignard mais Sabotkin ne recula pas. Seule, sa main décrivit un demi-cercle et s'abattit sur le poignet du prince. Il y eut un craquement. Pritchev jeta un cri étouffé et laissa tomber son poignard.

– Quels chétifs osselets! constata Sabotkin, surpris. Un poulet a plus de force que toi!

Pritchev battait en retraite. Il était désarmé à présent.

– Tu seras pendu! dit-il.

– Je ne le crois pas...

Le géant se rapprochait.

– Tu seras découpé en quartiers, décapité, cloué au sol!

Pritchev se retourna, mais ne vit aucune possibilité de s'enfuir. Tout alentour, il n'y avait que des murs dont un seul percé de deux fenêtres, celles du tsarévitch qui était à la chasse. Mais l'une des fenêtres était ouverte, par laquelle le regardait le garde du corps du tsarévitch, le nouvel ami de Sabotkin.

– Appelle la garde! lui cria Pritchev en grande détresse. Tu me connais bien!

Le garde du corps ainsi interpellé s'inclina au-dehors et cria en réponse :

– Qu'il te tue sept fois mon ami Afanasi! Sept fois afin qu'il ne reste rien de toi! Connais-tu Varvara, la servante d'Ivan Prokovdevitch Tchitin? Elle était ma nièce, tu as couché avec elle, puis tu l'as fait pendre dans la forêt... Afanasi, tue-le sept fois!

– Ne crains rien, petit frère! rugit Afanasi en frappant l'une contre l'autre ses mains énormes. Lorsque je le lâcherai, on ne pourra plus le reconnaître!

– Garde! hurla Pritchev. Garde!

Il se mit à courir, mais il n'alla pas loin, arrêté dans sa fuite par les hauts murs clôturant le jardin. Sabotkin le suivait lentement avec une grimace qui semblait figée sur ses traits.

Trottau s'agenouilla à côté de Xenia. Il la tenait serrée contre lui et cachait son visage dans ses vêtements :

– Ne regarde pas, dit-il à voix basse, n'écoute pas... et oublie tout ce qui se sera passé aujourd'hui.

Contre un arbre à présent, le boyard et le serf s'étaient arrêtés, face à face. Il n'y avait plus aucune chance de s'échapper pour Pritchev. Il le savait. Une sueur d'angoisse ruissela sur son visage ravagé et lui brûla les yeux. Puis, soudain, il arriva quelque chose que personne, et surtout pas le prince Pritchev, n'aurait imaginée : il s'agenouilla devant un esclave et éleva ses mains.

– Mille roubles d'or, balbutia-t-il.

– Prie, prince, répondit Sabotkin sourdement, cela aura plus de poids...

– Trois mille roubles d'or...

– Père céleste, aie pitié d'un pauvre pécheur..., reprit Sabotkin qui chantait une prière à la manière d'un pope.

– Je demanderai au tsar de faire de toi un homme libre! Tu seras un seigneur! hurla Pritchev.

Ses yeux sortaient presque de leurs orbites. Sabotkin le saisit au collet et le remit debout.

– Il a une âme, ô Père éternel..., se remit-il à chanter. Dieu du Ciel, aie pitié de lui, car s'il est mauvais il a cependant une âme.

Le boyard poussa un cri déchirant qui se brisa. Trottau serra très fort le visage de Xenia contre sa poitrine et posa ses mains sur ses oreilles. Lui-même baissa la tête et ferma les yeux. « Laisse-le vivre! » voulut-il crier. Mais c'était impossible : par ce geste généreux, il eût tué Xenia, ses parents, Sabotkin, le garde du corps du tsarévitch, lui-même...

Sabotkin saisit le boyard par ses vêtements couverts de précieuses broderies et le porta jusqu'au mur qui entourait le jardin. Puis Afanasi, prenant son élan, lança de toutes ses forces Pritchev contre le mur.

Ce fut une mort rapide, mais avant même qu'elle eût lieu, Pritchev était cent fois mort de peur.

Ce qui restait de lui fut soigneusement recueilli par Sabotkin qui le porta à Blattiev au fond du souterrain. Trottau marchait en tête avec Xenia et, de loin déjà, avant d'arriver auprès de ses vieux parents, Xenia criait : – Petit père, petite mère, ils m'ont sauvé la vie! Il s'est jeté sur moi comme un loup...

Blattiev étreignit Trottau, baisa Sabotkin sur le front et cracha sur le cadavre.

– Qui était-ce? demanda Massia.

– Le prince Pritchev.

– Oh! malheur. L'ami du tsar.

– Il dépend de vous de le faire disparaître à jamais, répondit Sabotkin. Il ne doit pas être retrouvé. Nous avons agi ainsi pour Xenia.

Blattiev hocha la tête, prit le mort et l'emporta. Trottau savait le chemin que suivrait Blattiev. Il se détourna avec un frémissement.

Les ours...

Ils ne laisseraient pas grand-chose de Pritchev, les quelques os qui resteraient seraient mis au rebut par Blattiev, ainsi qu'il avait fait de la plupart des os de tous ceux qui avaient été déchiquetés ici, dans les profondeurs de la terre, sous les yeux du tsar.

12

Le tsar resta deux jours et deux nuits au fond des forêts avec sa suite. Il dormait dans des isbas en rondins, ornées de bois découpés et de panneaux peints de couleurs vives et qui appartenaient à deux de ses boyards. Le second jour, il prit un repas chez l'héritier de la plus riche famille de Russie, le marchand Stroganoff. Le tsar reçut en cadeau un manteau de loutre qui lui tombait jusqu'aux pieds et dont la couleur était étrange, d'un brun obscur, presque noir, qui luisait comme de la soie. Ivan fit l'éloge des Stroganoff et reçut d'eux la promesse d'une avance de trente mille roubles pour faire la guerre à son ennemi, le roi Sigismond Auguste de Pologne.

Lorsqu'ils se retrouvèrent dans la chambre pompeuse de Boris Stroganoff après avoir conclu cet accord, Ivan étreignit Maria avec une passion frénétique.

Il se sentait fort, le tsar. Il venait aussi de tuer un ours avec sa lance, un ours gigantesque. Ivan lui avait transpercé le cœur de la pointe ferrée de sa lance, alors que le monstre se redressait pour se jeter sur lui. Maria, entourée d'un cercle protecteur de streltsy armés, avait battu des mains et reconnu en son époux le plus courageux des hommes sous le soleil. A présent, elle le rendait doublement heureux en jouant dans ses bras le rôle de l'amante soumise.

– Tu me tues, Ivanouchka! balbutia-t-elle, haletante. Je suis brisée... Oh! le plus merveilleux de tous les hommes... Tu es capable de vaincre la tornade de la steppe.

Pourtant, en prononçant ces paroles, la tsarine pensait au médecin allemand. Elle venait de subir les yeux fermés, pendant une heure, tous les baisers, toutes les étreintes, mais il était le seul objet du flamboiement de tout son corps, lui, l'ours blond! Et ce n'était pas Ivan qui l'avait vaincue, mais Trottau, son Andrei. C'était lui qui, dans son imagination, l'étreignait et éveillait en elle de suprêmes délices.

Ce n'est qu'au moyen d'une telle illusion qu'elle supportait Ivan. Lorsque Maria rouvrit les yeux et vit le tsar, sa tête d'oiseau au nez crochu, sa barbe en pointe et ses yeux cruels, étincelants et révulsés par la folie, elle sut qu'elle n'avait de sa vie aimé et n'aimerait qu'un seul homme, le beau, le fier jeune médecin qui, tel un second soleil, avait paru dans son ciel.

Le bonheur avait métamorphosé le tsar. Pour remercier Boris Stroganoff, il lui légua par testament de gigantesques domaines au delà de l'Oural, lesquels n'avaient qu'un inconvénient : il fallait encore en faire la conquête et l'exploration. Il fallait pénétrer dans les espaces infinis s'étendant derrière la barrière rocheuse et prospecter les richesses immenses que renfermaient ces marécages et ces antiques forêts. Quelques cavaliers, des moines voyageurs disaient merveille de ces pays. Mais c'était encore un sol vierge et trois groupes de chercheurs envoyés par Ivan n'étaient jamais revenus... La Sibérie les avait engloutis...

Ce fut un tsar tout joyeux qui revint à Moscou au côté de Maria. Même les nouvelles venues de Livonie et de Pologne, d'Allemagne et de Hongrie ne purent changer son humeur.

– Nous les abattrons! lança-t-il à ses ministres. Qu'on prépare les cercueils! Un pour le roi de Pologne, un autre pour l'empereur d'Allemagne, un troisième pour le roi de Hongrie, enfin un quatrième pour le chef du soulèvement de la chevalerie livonienne! J'emmènerai ces cercueils dans mes expéditions punitives et je ne prendrai pas de repos avant que tous ceux auxquels ils sont destinés s'y trouvent couchés. Je veux voir ces cercueils dès demain : on les placera sur l'escalier rouge!

« L'escalier rouge » et son perron à Granovitaïa Palata... Ivan avait l'habitude de descendre par cet escalier du palais des tsars lorsqu'il se rendait à l'une des églises, pour entendre la messe, les chœurs des moines et se faire bénir par le métropolite. Au pied de cet escalier rouge, il aurait dû y avoir un lac de sang, si l'on n'avait pris soin de l'étancher chaque jour.

Le maréchal de la cour se chargea de procurer les quatre cercueils. Les ministres, heureux d'avoir retrouvé un tsar aussi bienveillant, profitèrent de sa bonne humeur pour s'éclipser aussitôt. On connaissait trop bien Ivan...

– Je suis fatiguée, dit Maria qui avait retrouvé ses appartements. Cette longue chevauchée, ta passion dévorante... je ne sens plus mon corps. Et puis j'éprouve une douleur dans la tête, au fond du cerveau... Vois donc, Ivanouchka, j'ai les yeux larmoyants!

Elle réussit vraiment à extraire des larmes de ses yeux. Le tsar la regarda, essuya ces larmes du revers de sa main et porta Maria dans son lit comme une enfant.

– Appelle le médecin, gémit-elle.

Ivan s'arrêta net. Sa vieille méfiance resurgissait en lui. Qu'est-ce que cela? pensa-t-il. A peine sommes-nous revenus à Moscou qu'elle gémit et demande ce blondin! Elle souffre de la tête? Il y a un bon remède pour guérir ce mal... et pas besoin de médecin : on tranche la tête malade tout simplement! Mais elle a une si jolie tête et qu'est-ce que le plus beau corps sans elle?

Il se pencha vers Maria, arracha son vêtement à la hauteur de sa poitrine, le tira vers le bas et lorsque la tsarine fut toute nue, étendue devant lui, il courut à la porte de la chambre et cria dans le corridor :

– Appelez le médecin!

Il se retourna : Maria était étendue sur le lit, immobile, les mains entourant son crâne comme si elle avait peine à supporter ses souffrances.

– Le médecin, le bourreau et l'embaumeur des morts sont les seuls hommes autorisés à voir la tsarine nue, dit Ivan lentement. Trois hommes qui ne sont encore jamais devenus vieux! Quel âge a Trottau?

– Je ne sais pas, Ivan! (Maria se tordit. Elle simulait fort bien les souffrances, mais en réalité elle se consumait du désir de sentir sur sa peau le contact des mains de Trottau. Sa vue seule suffirait à la rendre heureuse.) En quoi m'intéresserait cet individu? Il ne compte pas! lança-t-elle.

Trottau entra dans la chambre de la tsarine et s'inclina aussitôt très bas. D'un seul regard, il jugea la situation. Le tsar se tenait entre lui et Maria. Formidable mélange de puissance et de méfiance. Ivan portait un cafetan brodé d'or, retenu à la taille par une ceinture incrustée de pierres précieuses à laquelle était suspendu, par deux chaînettes d'or, un poignard courbe au fourreau d'or martelé et semé de diamants. Il était coiffé de son bonnet conique dont la base était un diadème de pierreries multicolores et de perles à l'éclat mat. Il tenait à la main son posoch qui était devenu le signe de son pouvoir sans bornes. La longue pointe d'acier du gourdin égratignait l'épais tapis.

Sur sa couche, Maria leva prudemment la tête. Ivan ne put le voir, car il regardait Trottau et il ne remarqua pas non plus ce sourire que Maria adressait à son médecin, les lèvres avancées comme pour une esquisse de baiser.

– Dieu bénisse le sublime monarque et la sublime tsarine! dit Trottau. J'ai vu l'ours tué par le tsar : il n'y a pas un ours en ce monde aussi puissant que celui-là!

Ivan était décontenancé. Ces paroles le désarmaient.

– La tsarine est souffrante, répondit-il sèchement dans son indécision. La tête... Guéris-la et explique-moi quelle est cette maladie!

Trottau s'inclina de nouveau. Tandis que le tsar restait debout au milieu de la pièce, il gravit les trois marches qui menaient au lit de parade et se pencha sur Maria. Les yeux de celle-ci brillèrent et elle murmura tout bas : – Je t'aime.

Le tsar ne put l'entendre. Il allait et venait devant le lit : – Qu'a-t-elle, médecin? s'écria-t-il après que Trottau eut tourné la tête de Maria à droite et à gauche en la serrant entre ses mains, tandis qu'une sueur froide ruisselait de ses pores dans la crainte que le tsar n'entende les mots très tendres qu'elle ne cessait de lui murmurer.

– La tsarine n'est pas accoutumée à ces longues chevauchées, répondit Trottau. Ses nerfs ont été mis à trop dure épreuve...

– Que faire?

– Je vais administrer une poudre calmante à la tsarine : elle dormira d'un profond sommeil, mais ce n'est qu'un remède sans effets durables.

– Que lui faudrait-il alors?

– Un conseil, Grand Tsar : la sublime tsarine devrait vous accompagner plus souvent à la chasse ou dans les visites que vous faites à vos domaines, ou encore aller aux revues de vos troupes... enfin partout! Supporter les fatigues est une question d'habitude. Permettez à la tsarine de prendre part à votre vie quotidienne en dehors de cette chambre, et vous constaterez combien son état s'améliorera!

Ivan regardait Trottau, l'air étonné :

– Voilà une bonne idée! dit-il, épanoui. J'y songerai. (Et avec un geste d'invite, le posoch toujours en main :) Donnez cette poudre à la tsarine et allez-vous-en!

Il n'est donc pas son amant, pensait Ivan satisfait. Quel est l'homme épris qui enverrait son amante au loin? Il trouverait plutôt des mensonges pour la garder toujours près de lui! Au contraire, Trottau me conseille d'emmener Maria...

Trottau s'était approché d'une table et mélangeait à du vin doux une poudre médicinale. Le tsar se redressa, alla vers Trottau, lui mit les bras autour du cou et déposa un baiser sur sa joue gauche :

– Lorsque je baiserai ta joue droite, je ferai de toi un prince, dit-il, ou je te trancherai la tête! Ton avenir dépend de ta conduite.

Il sortit, laissant seuls Maria et Trottau. La tsarine attendit que son époux se fût éloigné, puis elle bondit hors de son lit et arracha des mains de Trottau le gobelet de vin qu'il lui tendait.

– Chien couchant! siffla-t-elle.

– Il faut patienter, Maria, le tsar est plein de méfiance à notre égard!

– Alors laisse-le nous tuer! Tu ne sais pas ce que j'ai souffert pendant ces deux jours et ces deux nuits!

– Je le sais.

Il la caressa du bout de ses doigts et elle frémit à ce contact.

Elle se jeta à nouveau sur le lit :

– Cela ne te suffit donc pas? lança-t-elle farouche. Cela ne te suffit pas pour le tuer? Tu as assez de poudre... et il aime le vin aromatisé : il ne s'apercevra de rien!

– Le meurtre n'est pas une solution...

Dehors, on entendit le piétinement caractéristique des gardes saluant devant la porte.

– Le tsar! dit Trottau.

Maria se couvrit vivement et feignit de dormir, tandis que Trottau déposait sur la table le gobelet contenant la mixture et se mettait à chercher quelque chose dans sa trousse.

Le tsar fit irruption dans la chambre :

– Que fait-elle?

– La sublime tsarine dort profondément. Demain, elle sera rétablie.

Ivan regarda Maria. Elle respirait paisiblement. Le tsar enfonça alors la pointe de son posoch dans le plancher :

– Le prince Pritchev a disparu! lança-t-il d'une voix enrouée. Voici deux jours que nul ne l'a vu!

Il attendit une réponse de Trottau, mais celui-ci attachait les courroies de son sac.

– Tu ne connais pas le prince Pritchev?

– Non, Grand Tsar.

– C'est mon meilleur ami. (Le tsar se laissa tomber sur un siège :) Et le voilà qui disparaît sans crier gare! J'ai envoyé des cavaliers dans ses palais et sur ses terres. Mon meilleur ami... N'y aurait-il partout que trahison? Personne ne m'aime donc en ce monde? Trottau... pourquoi me hait-on? Je ne veux que le bien des Russes! Mais nul ne le comprend... aussi je les saigne pour qu'ils comprennent mieux... Trottau, mon meilleur ami m'a abandonné... A présent, j'ai besoin de toi! Tu es aussi mon médecin! Donne-moi une médecine contre la trahison!

A cet instant Trottau eut pitié du tsar et il eut

tellement honte qu'il se serait lui-même couvert de crachats.

13

Pendant toute une semaine, on rechercha à Moscou, dans les forêts, dans tout le pays, le boyard Pritchev.

Ivan offrit une récompense de mille roubles. Il donna des ordres pour un deuil de cour, il se vêtit lui-même de noir et se fit chanter par ses moines des mélopées funèbres. Affalé sur son siège royal, il gardait les yeux fermés. On n'avait vu qu'une fois le tsar ainsi terrassé par la douleur : lorsque sa première femme, Anastasia, était morte subitement. Il était resté trois jours et trois nuits auprès de son cercueil ouvert, sans qu'il fût possible de l'arracher à la contemplation de la morte. Il dormait auprès d'elle et seul le métropolite de Moscou avait su éloigner Ivan de sa défunte épouse, pour qu'elle pût enfin être enterrée.

Le chagrin qu'il eut de la disparition de Pritchev était sincère. Même Maria ne réussit pas à l'égayer. Soudain, la magie de son corps radieux fut sans effets. Cette constatation la terrifia. Lorsqu'une femme ne réussissait plus à émouvoir les sens du tsar, cela présageait la fin imminente de sa faveur. Mais Maria Temriouka n'était pas disposée à céder sa place à une autre. Le pouvoir qu'elle avait acquis par ses charmes lui importait plus que tout. Le pouvoir! C'était un sentiment d'indicible suprématie qui valait qu'on accumulât pour lui mensonges, cruautés, sang.

– Il a disparu, dit au bout de cinq jours Massia Fillipovna à Trottau dans le souterrain. Igor a dispersé les derniers ossements...

Blattiev d'un signe de tête ratifia cette déclaration et se mit à grogner de telle manière que l'on comprenait fort bien à quel point les ours avaient anéanti tout vestige du boyard Pritchev.

Le visage de Trottau ne trahit aucune émotion. Pour l'amour de Xenia il s'était habitué à n'être plus horrifié par rien. Blattiev ne pouvait être différent de ce qu'il était. Sa fille, sa femme, ses ours, c'était tout ce qu'on lui avait laissé en ce monde. Il adorait Xenia, sa femme était une fidèle compagne; enfin il aimait ses ours, car pour eux il avait perdu sa langue, l'air pur, le soleil, le ciel, la verdure et la neige.

Après la mort de Pritchev, Trottau supprima les cures de soleil avec Xenia car on cherchait aussi le disparu à l'intérieur de l'enceinte du Kremlin. On passait au peigne fin tous les jardins, même celui du tsarévitch. Mais Sabotkin avait pris soin d'effacer toutes les traces du combat. On ne trouva rien et le tsarévitch se plaignit auprès de son père de ce qu'on le soupçonnait de cacher chez lui le boyard Pritchev.

Ivan écouta son fils aîné sans mot dire, les yeux baissés, la bouche crispée. Puis il retourna son posoch et se mit à frapper le tsarévitch en silence. Son gourdin s'abattait sur les épaules et le dos du jeune homme. Comme le tsarévitch ne bougeait pas et se contentait de dire : – Assomme-moi, petit père, j'ai davantage envie de retrouver ma mère que de vivre avec toi!, Ivan s'effondra en pleurs.

Une fois qu'il était sorti, pour une promenade à cheval de deux heures afin d'assister aux interrogatoires des serfs de Pritchev sur les terres du disparu, la tsarine en profita pour demander une poudre calmante. Lorsque Trottau vint auprès d'elle, elle l'attira sur son lit et l'embrassa avec fougue.

Puis le tsar revint, épuisé, abattu, couvert de poussière et torturé par les hallucinations de la démence.

– Trottau, dit-il d'une voix basse, chien d'Allemand, je t'envie, tu es médecin, tu guéris les gens. Moi je dois les supprimer! Tu peux vivre de tes connaissances, alors qu'il me faut porter une couronne si lourde qu'elle m'enfonce dans le sol! Comment va la tsarine?

– Elle vous attend, Grand Tsar!

– Puis-je me rendre dans cet état auprès d'elle? (Ivan se redressa. Son visage d'oiseau s'était creusé, ses yeux disparaissaient presque dans leurs orbites.) Cette femme aussi me tue, Trottau! Lentement, très lentement, avec une suavité meurtrière, elle m'anéantit. Existe-il un moyen pour vaincre une femme telle que Maria? Pour la vaincre toujours? Je te fais pendre, Trottau, si tu n'en connais pas!

– Il n'y a qu'un moyen, noble tsar, répondit Trottau pensif, c'est le repos...

Le tsar le dévisagea :

– Trottau, tu es idiot! Le repos! Où un tsar trouverait-il le temps de se reposer, si ce n'est dans la tombe?

– Vous avez vos domaines, seigneur. Des palais, des forteresses à la campagne, dans toute la Russie. Vous n'avez jusqu'alors pensé qu'à la Russie. Pensez donc un peu à vous-même!

– Je *suis* la Russie! répliqua le tsar assombri.

– Une Russie fatiguée, couverte de poussière, sans forces...

– Je suis entouré de traîtres! cria Ivan en sautant du lit. (Ses yeux durs, froids, scintillaient.) Déjà, lorsque j'étais enfant, les boyards ont voulu m'assassiner. A présent, ils me frappent autrement : ils ensemencent mon cœur de méfiance à l'égard de la tsarine, ils tuent mes meilleurs amis... ils veulent me vider entièrement, Trottau, ils veulent m'affamer l'âme... Et je m'en irais de Moscou? Cela ressemblerait à une fuite!

– Non, seigneur, cela galvaniserait la Russie! (Cette réflexion apparut soudain à Trottau comme une possibilité de changer l'existence d'Ivan.) Quittez Moscou en maudissant les boyards et le peuple tombera à vos genoux et vous adorera!

Ivan regarda longuement son médecin d'un œil pénétrant :

– Tu es Satan, Trottau, dit-il à mi-voix. Je réfléchirai à ton conseil.

Puis il saisit une cloche d'argent, la lança contre le mur et six courtisans parurent aussitôt.

– Mon bain! cria le tsar. Des vêtements neufs! Le barbier! Vite! (Il fit signe à Trottau qui voulait s'éloigner sur une dernière inclinaison :) Non, reste, Trottau! J'ai besoin d'un homme en qui j'ai confiance.

De nouveau, Trottau fut torturé par les remords. Chacun des pores de sa peau était encore imprégné du parfum suave des roses émanant du corps échauffé, frémissant, de Maria. Trottau resta auprès du tsar qui se tenait assis dans une baignoire en forme de fauteuil et qu'un domestique savonnait et aspergeait d'eau. Le barbier tailla la barbe et les cheveux du tsar. Trottau massa son dos et sa poitrine; enfin il frictionna avec circonspection le cuir chevelu d'Ivan.

Celui-ci s'était adossé dans son bain d'eau chaude, les yeux clos, le visage détendu. Il eut pour la première fois la révélation d'un massage de tête et une sensation de bien-être l'envahit jusqu'aux orteils.

– Tes mains possèdent une magie, disait-il. Continue, Trottau.

– Cela suffit, seigneur. (Trottau s'écarta de la baignoire-siège en argent :) Jusqu'à cet instant, c'était une médecine; mais si je continuais, vous en souffririez!

Ivan se leva et sortit de l'eau chaude. Le domestique s'élança vers lui et, pour le sécher, l'enveloppa dans d'épaisses couvertures de laine chauffées à l'avance.

– Trottau, reprit le tsar d'une voix assombrie, lorsqu'ils furent de nouveau seuls, dès que je sortirai de cette chambre, je me retrouverai parmi les rats. Ils attendent dehors, les boyards, et ce sont mille suppliques, mille plaintes, mille mensonges... La Russie a assassiné Anastasia, ainsi que mon père, mon grand-père, mes frères et mes sœurs. Mais moi je ne m'agenouillerai pas devant ceux-là! Je survivrai à tous! Tous! Je serai le plus grand des tsars de Russie! M'y aideras-tu, Trottau?

– Oui, Grand Tsar, si je le puis.

– C'est une aide périlleuse que je réclame de toi, Trottau. Nul n'en saura jamais rien. On ne parlera pas de toi dans les annales écrites de mon vivant; aucun écrivain de l'histoire ne te connaîtra et tu es appelé à mourir à l'heure même où je mourrai...

– Je le sais, seigneur.

Trottau s'inclina. Il éprouvait une intense sensation de froid parce que, parallèlement à la conscience qu'il avait de vivre intensément, il avait l'impression d'avoir déjà perdu sa vie. C'était monstrueusement cruel. Il ne lui restait d'autre issue que la fuite. Mais où fuir? La Russie s'étendait partout et, avant qu'il ait atteint les frontières de la Pologne ou de l'Allemagne, les rapides cavaliers du tsar l'auraient rejoint depuis longtemps. Fuir c'était aussi emmener Xenia.

– Que dois-je faire? demanda-t-il.

– Va trouver la tsarine, dit Ivan avec un large sourire, et administre-lui une poudre qui calme ses ardeurs et la laisse à demi assoupie. Dans une heure, j'irai auprès d'elle... je veux la conquérir sans en être brisé moi-même. Trottau, je désire indiciblement cette maudite, cette merveilleuse femme...

On ne parla plus du plan de Trottau qui prévoyait le départ résigné et feint du tsar, pour mieux préparer l'anéantissement des boyards et gagner, par surcroît, l'adhésion du peuple.

Ivan observait son entourage avec plus de méfiance que jamais. Le nombre des exécutions capitales augmenta à donner le vertige. Un seul mot suffisait pour que l'on eût la tête tranchée.

Pour Trottau, cependant, rien ne changea. Il écoutait pendant des heures les plaintes du tsar; il soignait Maria qui souffrait de prétendues crampes dans les jambes et supportait les excès de sa passion sauvage, lorsque Ivan s'en allait à cheval à la chasse; enfin, il restait le confesseur du tsarévitch, immuablement pâle et triste.

Mais vers l'heure de midi, Trottau descendait dans les souterrains pour amener Xenia à la clarté du soleil. Il s'étendait alors avec elle dans l'herbe du petit jardin et, pendant ce court moment, il était l'homme le plus heureux du monde.

– Je n'ai jamais su combien il était bon de vivre, dit une fois Xenia. Je m'étais tout à fait résignée à la mort...

– Tu ne mourras pas, Xenouchka.

Trottau écoutait tous les deux jours la respiration de ses poumons et attendait que la maladie capitule, détruite par le soleil et l'air pur. Au bout de six semaines, il semblait que Xenia respirait plus librement sans être aussitôt prise d'une quinte de toux. Elle osait de plus profondes aspirations et ne cessait de couvrir son compagnon de baisers lorsque la terrible quinte ne la secouait pas.

– Je respire, Andrei ! Mon Dieu, je respire vraiment !

Le tsarévitch avait renoncé à espionner secrètement Trottau et Xenia. Ivan Viskovaty, chancelier de Russie, lui avait procuré une maîtresse, la première, une fille râblée, sortie du peuple, née d'un tanneur installé sur les rives de la Moskova. Elle avait conscience de l'honneur qui lui revenait parce qu'elle était celle qui, initiant l'ombrageux tsarévitch aux secrets de l'amour, s'acquittait si parfaitement de sa mission que le jeune homme n'avait plus, entre les festins et les beuveries, les chevauchées et quelques cérémonies, qu'un seul désir, celui de retrouver ce corps de fille, mœlleux et blanc.

– Ton traitement par le soleil et le grand air est une stupidité ! Un homme comme moi vit d'amour ! Pourquoi ne me l'as-tu pas dit ? jeta le tsarévitch à Trottau.

– Je vous trouvais trop jeune, seigneur.

Trottau regardait vers le lit du tsarévitch où Irina Grigorievna était couchée et pouffait sous la couverture de soie. Elle mordait à même une grappe de gros raisin noir et crachait les pépins sur le plancher.

– Si mon père mourrait maintenant, je ne serais pas considéré comme « trop jeune » pour régner! répliqua le tsarévitch d'une voix assombrie. Trottau... je ne vis que depuis trois semaines.

Il parle comme Xenia, pensa Trottau. Lui aussi, l'amour le libère des maléfices du Kremlin et du tsar. Ils se réfugient l'un comme l'autre dans un monde de rêves et ne voient pas qu'ils ne font qu'entourer de roses un enfer...

– Que puis-je faire pour vous, seigneur? dit-il.

– Rien, médecin, sache seulement que tu peux garder sans crainte ton oiselet blond : je te la laisse! Je n'ai d'ailleurs plus besoin de médecin. Va-t'en!

Trottau s'inclina et quitta l'héritier du trône. Il descendit sous la surface de la terre et alla manger une galette de maïs avec les Blattiev. Puis il aida Igor à nourrir les ours. Il s'habituait peu à peu à ces géants bourrus et aux onomatopées de Blattiev, comme aussi à la peur, cette compagne fidèle, que le tsar n'apprenne l'amour de son médecin pour Xenia.

– Il n'a jamais vu Xenia! dit une fois Massia. Chaque fois qu'il descend ici, nous la cachons, car il emmènerait Xenia, il est sans pitié!

– Il s'éloignera bientôt de Moscou, dit Trottau sur un ton rassurant. Alors le Kremlin sera à vous!

Il entoura d'un bras l'épaule de Xenia qui lui sourit; elle n'avait de pensée que pour lui. Puis elle posa sa tête sur son épaule :

– Je t'aime, c'est un grand bonheur.

– Il n'y a pas de grand bonheur, grogna Massia. Je

pressens plutôt un malheur et j'ai peur. Nous ne sommes pas nés pour être heureux.

14

L'hiver vint dans la nuit. De l'est, la tempête de neige arriva en hurlant. Moscou étouffa sous la neige. Au Kremlin, les serviteurs couraient en tous sens et allumaient les cheminées. Ils plaçaient des braseros emplis de charbon de bois dans les chambres, suspendaient des tapis devant les fenêtres et calfeutraient la moindre fente.

Suivant le conseil de son médecin, Ivan entreprit avec Maria de grandes randonnées en traîneau dans les forêts, chassa l'élan, le renne, l'hermine, la martre, la zibeline, le renard argenté. Mais ces excursions finissaient le plus souvent de la manière qui convenait le mieux à Ivan : il faisait fouetter les plus riches paysans après l'inspection des domaines, parce que – ainsi qu'il s'en rendait compte rapidement – ils livraient trop peu de leur récolte. Deux gros propriétaires furent ainsi fouettés à mort. Calmement, parfois avec des yeux étincelants, Maria assistait à ce spectacle.

– Ça te plaît, ma colombe? demandait Ivan.

– Oui, mon bien-aimé, répondait-elle. Ne dit-on pas : un bon tsar est un tsar sévère? Tu es le plus grand de tous, Ivanouchka...

Mais ce bonheur fut de courte durée. La puissance d'Ivan s'effritait. Les Polonais étaient victorieux; en Lituanie et en Livonie le calme ne se rétablissait pas et, peu avant les cérémonies de

Noël, le tsar reçut la nouvelle que son ami Kourbski, le voïvode de Lituanie, avait vraisemblablement conclu un accord secret avec les ennemis de la Russie. Ce fut un choc qui abattit le tsar comme s'il avait reçu un coup de massue sur le crâne.

Pendant des heures, il resta assis à ruminer dans ses appartements. Il écrivit une lettre à Kourbski, la déchira, en écrivit une autre dans laquelle il lui expliquait le pouvoir absolu du tsar. C'était un fait unique : un tsar qui essayait de se justifier devant l'un de ceux qui le trahissaient.

...Réfléchis bien à ceci : résister à celui qui est au-dessus de toi, c'est résister à Dieu. Et si on se comporte ainsi, on est un déserteur, ce qui constitue le plus grand des péchés, écrivait Ivan d'une main tremblante. *Ce pays est gouverné par la grâce divine et par Nous, son monarque, et non par des juges et des voïvodes. Et s'il se trouve que nous avons anéanti nos voïvodes par de multiples moyens nous n'en conservons pas moins, avec l'aide de Dieu, quantité de voïvodes autres que vous, traîtres! Il dépend de nous de récompenser nos esclaves; il dépend de nous de les châtier...*

Lorsque, peu après, le tsar lut cette missive à Trottau, il pleurait et dit enfin :

– Où a-t-on jamais vu ça, Trottau? Un tsar qui scelle ses lettres avec ses larmes? Kourbski mourra, lui et toute sa famille. Tout ce qui s'appelle Kourbski en ce monde sera anéanti... Mais ces larmes, Kourbski, ces larmes sont celles que le Christ versa sur la croix...

Trottau ne répondit pas; il regardait le tsar et constatait que son esprit commençait à sombrer. Un dément occupait le trône russe.

La lettre fut portée à Dorpat, en Lituanie, par un

cavalier, mais celui-ci était accompagné d'un détachement d'hommes d'armes chargés de tuer le prince Kourbski et sa famille.

Il s'y employa consciencieusement. Les streltsy transpercèrent de leurs piques le fils du voïvode, âgé de neuf ans. La princesse fut tuée à coups de sabre. Quant à Kourbski lui-même, on ne le trouva pas. Confiant dans la promesse du tsar qu'il épargnerait sa famille et ayant remis celle-ci entre les mains de Dieu, il s'était enfui.

Pendant ce temps, il se passait à Moscou un événement inimaginable : le tsar quittait le Kremlin.

– Si ton conseil est bon, Trottau, dit-il, lorsqu'il se trouva seul avec son médecin, je serai dans quinze jours le plus puissant monarque de l'univers! S'il est mauvais, tu périras avec moi.

En ville, on apprit alors des faits déconcertants. Une colonne infinie de traîneaux stationnait devant le palais des tsars et des serviteurs innombrables, chargés de vaisselle d'or et d'argent, d'icônes, de sièges, de lits, de tapis, de tout le contenu de la salle d'armes, ainsi que du trésor des tsars, chargeaient ces richesses sur les traîneaux.

En grand arroi guerrier, les dignitaires de la cour attendaient devant l'escalier rouge. Ils avaient amené femmes et enfants qui s'étaient enfouis dans la paille chaude des traîneaux. Les cochers, couverts d'épaisses peaux de loup, étaient assis sur leurs sièges. Serfs, serviteurs, ministres se rassemblaient, prêts au départ. Les moines parurent en épaisses robes de bure hivernales avec à leur tête le métropolite. Ils semblaient tous surexcités et débordaient de questions.

La place Rouge devant le Kremlin était noire de

monde. Le peuple ne comprenait pas encore ce qui se passait sous ses yeux et, lorsqu'on interrogeait un streltsy, on recevait toujours la même réponse : Personne ne sait rien, c'est un ordre du tsar!

Vers midi, la moitié de Moscou se trouvait sur la place Rouge. Chacun avait le regard rivé à la gigantesque colonne de traîneaux. Soudain, la masse des courtisans en attente s'anima.

– Rendez-vous à la cathédrale Ouspenski! criaient des messagers du tsar. Tous dans la cathédrale! Le tsar va s'y rendre!

Une demi-heure plus tard, le métropolite célébra la plus belle et la plus mystérieuse des messes de son existence. L'église était tellement pleine de fidèles que l'on y respirait à peine. Le chœur des moines s'éleva, plus sublime que jamais. Lorsque le métropolite récita les prières, le tsar se leva. Entièrement absorbé par ses pensées, il tomba à genoux devant le saint sacrement et pria, les mains levées et jointes.

C'était la comédie la plus réussie jamais imaginée par un être humain. Trottau, qui se trouvait placé un peu en retrait auprès des moines qui chantaient, savait exactement quelles pensées habitaient Ivan en cet instant. Ce n'était point l'amour de Dieu, mais le projet d'anéantir totalement les boyards.

Le tsar assista comme un martyr au saint sacrifice de la messe et reçut la bénédiction comme un mourant. Mais soudain il se releva d'un bond, poussa de côté le métropolite effaré et, se tournant vers le groupe des boyards couverts de précieuses fourrures, il s'écria dans un silence paralysant :

– Comme je n'ai autour de moi que des traîtres, comme vous me détestez tous, je m'en vais au fond des forêts! Gouvernez donc seuls Moscou et la Russie!

Il aida Maria à sortir de sa stalle et l'entraîna par la main hors de la cathédrale. Dehors, sur la place Rouge, il sauta dans son traîneau chauffé par des pierres calorifères, leva la main et cria : - En avant, suivez-moi! Je ne veux plus jamais revoir Moscou!

Les regards mornes de la foule le suivirent. Quel qu'ait été le passé, on comprenait ceci : désormais, le peuple était livré sans défense à la noblesse. Même si le tsar avait été un maître sévère, il ne faisait pas pendre que les petites gens, mais aussi les boyards et les grands propriétaires terriens.

Il avait partout semé la terreur : mais y avait-il jamais eu un tsar qui flattât le peuple? Traditionnellement, c'était toujours un monarque armé d'un knout. Mais ce que le peuple avait maintenant en perspective, à savoir le règne des boyards et leur lutte sans merci pour le pouvoir, cela dépasserait tout ce que la Russie avait déjà subi.

Le métropolite l'exprima à voix haute :

– Seigneur, cria-t-il dans la cathédrale après le départ d'Ivan, rends-nous notre tsar!

Les boyards ne bougeaient pas, décontenancés, méfiants, pris de peur. Ivan était-il sincère? Ne reviendrait-il jamais? Ou ce départ n'était-il qu'une éblouissante comédie?

Les boyards décidèrent d'attendre. Un Ivan Rurik n'abandonne pas la partie sans combattre.

A soixante-dix verstes de Moscou, au sein des forêts gigantesques, se trouvait le grand domaine d'Alexandrovskaïa Sloboda. Il servait parfois au tsar de résidence d'été. Pendant l'hiver, il sommeillait sous d'épaisses couches de neige. Jamais encore un tsar n'avait visité sa terre à cette époque de l'année.

La colonne de traîneaux traversait des prairies gelées, des marécages à la surface miroitante et solide, des fleuves recouverts d'une chape de glace et des forêts où les streltsy, galopant en éclaireurs sur leurs chevaux rapides, avaient ouvert des passages dans les sous-bois. Dans les marécages, les chevaux s'enlisèrent, les traîneaux restèrent pris dans des congères et la neige continuait de tomber, inlassablement...

Ivan voyagea près de deux jours pour atteindre son domaine campagnard. Lorsqu'il arriva, on en était encore à déblayer les approches de la demeure. Les premiers serviteurs qui purent pénétrer à l'intérieur des bâtiments allumèrent des feux dans les cheminées, posèrent des pierres chauffées dans les lits du tsar et de la tsarine et déroulèrent d'épais tapis sur les sols glacés.

Le tsar descendit de son grand traîneau et aida Maria à sortir de ses couvertures de fourrure.

– Ce domaine sera désormais le nouveau cœur de la Russie ! lança Ivan à voix haute. Je la gouvernerai d'ici ! Ô vous, boyards, cachez-vous comme des rats dans vos retraites ! Car d'ici je créerai une nouvelle Russie !

Puis il jeta un regard circulaire comme s'il cherchait quelqu'un :

– Où est Trottau ? dit-il.

Maria le regarda :

– A Moscou ! Il n'est pas du voyage.

– Pourquoi ?

– Pourquoi le serait-il, Ivanouchka ? Ce n'est qu'un petit médecin stupide...

– Il faut qu'il vienne ! Immédiatement ! (Ivan

frappa du poing le traîneau sculpté :) Je veux voir Trottau! Ramenez-moi le médecin!

Dix cavaliers s'en retournèrent au galop à Moscou et Maria, la tsarine, sourit imperceptiblement lorsque, au bras d'Ivan, elle pénétra dans sa nouvelle résidence.

Dès cet instant commençait la partie qui avait pour enjeu la puissance et l'amour.

15

Le Kremlin était à l'abandon. Seuls, quelques gardes du palais y étaient restés, ainsi que les moines dans leur sombre monastère contre l'église. Trottau traversait les galeries, les salles désertes, enveloppé dans un grand manteau fourré, comme s'il passait en revue la destruction de la domination russe. Il était frappant de constater à quel point un seul homme avait réussi à donner son visage à un royaume aussi gigantesque, et aussi comme cet aspect s'effritait, ainsi qu'une mauvaise peinture sitôt qu'il s'était éloigné de Moscou.

Qu'adviendrait-il si Ivan mourait? Que deviendrait la Russie sans cette main formidable? Une main qui ne distribuait que cruautés et qui, pourtant, maintenant qu'elle se retirait, manquait partout. Le tsarévitch, qui était aussi anodin que sa mère Anastasia, ferait-il un bon tsar? Ou succomberait-il au bout de quelques semaines au torrent de haine des boyards, ces princes qui ne reculaient devant aucun crime dans leur désir de s'emparer du pouvoir?

Ce que Ivan IV venait de faire était une sorte d'ultime tentative pour conjurer le désastre; elle n'avait qu'un seul défaut : la présence du tsar était encore sensible en toute chose; il était vivant, et l'on pouvait s'attendre à toutes les surprises tant qu'il respirerait encore.

Pour la première fois, Trottau put visiter tout le Kremlin. Jusqu'alors, il n'avait pénétré que dans certaines parties du palais, dans les appartements de la famille du tsar et dans les souterrains chez les Blattiev.

A présent, il parcourait toutes les galeries, jetait un regard à l'intérieur de certaines pièces dont le désordre évoquait la fuite précipitée de leurs occupants. Il s'assit dans la salle du trône où Ivan accueillait les ambassadeurs étrangers.

Et Trottau eut soudain l'impression qu'un poids énorme pesait sur ses épaules.

– Quel bonheur que je sois médecin! dit Trottau au métropolite qu'il rencontra dans le Kremlin.

Le saint personnage se promenait seul aussi à travers le palais abandonné, peut-être hanté par les mêmes pensées que Trottau. Et il y eut comme un signe du destin dans le fait que ces deux hommes solitaires se rencontrèrent dans l'oratoire du tsar.

Un prêtre, un médecin : deux hommes qui accompagnent le tsar jusqu'à sa fin. Deux hommes dont aucun tsar ne peut se passer, en fût-il venu à tout haïr et à tout détruire autour de lui. Prêtre et médecin auraient pu figurer dans les armoiries de la Russie.

Le métropolite répondit par un signe de tête; son abondante barbe blanche atteignait la ceinture de sa robe brodée.

– Le tsar reviendra-t-il? demanda Trottau.

– Je l'ignore. Le peuple est désemparé, les boyards troublés... Les églises sont pleines de fidèles en prières et les marchands veulent envoyer une députation au tsar pour le prier de revenir. L'incertitude nous ronge. Le pays se divise...

Trottau écouta s'éloigner dans les larges galeries le pas de celui qui était la plus haute autorité religieuse de la Russie. C'était un vieil homme qui ne comprenait plus le monde...

Dans l'après-midi, Trottau se procura un traîneau rempli jusqu'au bord de paille tiède et donna cinq roubles au cocher. C'était une rétribution tellement princière que l'homme tomba à genoux et baisa l'ourlet du manteau de Trottau qui lui donna l'ordre d'ajouter des couvertures de fourrure à la paille, puis de l'attendre au portail nord du Kremlin. Là-dessus, il se rendit auprès de Xenia et de ses parents dans leur labyrinthe souterrain et leur dit :

– Quand avez-vous vu Moscou pour la dernière fois ? Je vais vous promener dans la ville !

Massia se défendit de toutes ses forces :

– On va nous tuer ! cria-t-elle. Nous ne devons jamais quitter nos ours ! Le monde là-haut ne nous regarde plus. Si le tsar venait et trouvait ses ours sans surveillance !

– Le tsar est loin. Dans trois heures, nous serons de retour, Massia, répondit Trottau pour la rassurer.

– Trois heures ! Pour crever les yeux d'un homme, il suffit de trois secondes et on nous les crèvera si nous osons regarder le monde que l'on voit là-haut !

Blattiev grognait, bafouillait, courait de tous côtés; puis il ôta ses grosses bottes de paille tressée et les remplaça par des bottes de cuir fourrées;

enfin, il enfila un manteau de peau de loup et se mit en devoir de peigner sa barbe de ses doigts écartés.

Xenia parut à son tour couverte de fourrures, ses cheveux nattés enroulés autour de sa tête comme une couronne dorée. Ses yeux clairs brillaient à la clarté des torches.

– Il neige dehors, tout est blanc et silencieux. C'est merveilleux la neige, mamouchka!

Quelques jours auparavant, Xenia avait vu de la neige pour la première fois, Trottau l'ayant enveloppée de fourrures et menée jusqu'au jardin. Le soleil avait percé les nuages et les cristaux de neige irradièrent leur scintillement bleuté.

Le lendemain, lorsqu'il neigea de nouveau, Xenia avait attrapé les flocons dans ses mains pour les embrasser.

– Qu'il est bon de vivre! avait-elle dit à Trottau. Andrei, je voudrais ne jamais mourir!

Il avait répondu :

– Tu vivras comme toutes les autres créatures, Xenia. L'été prochain nous aurons vaincu la mort.

Ce n'était pas un pieux mensonge. Lorsque Trottau écoutait les poumons de Xenia, leur sifflement était à peine perceptible. Xenia pouvait respirer à fond sans tousser. Et au bout d'une heure de soleil ou de froid hivernal, son visage pâle était rose.

Elle s'épanouit, pensait Trottau ému. Un être malade peut refleurir comme une plante. Il savait qu'il assistait à un prodige, un prodige qui n'était peut-être que l'ouvrage de l'amour.

Ils traversèrent Moscou en traîneau, très lentement, enfoncés dans la paille accueillante, recouverts de peaux de bêtes. Des grelots tintaient aux harnais de la troïka. Personne ne les remarqua. Les occupants des traîneaux qu'ils croisaient avaient hâte de retrouver la chaleur, les passants dans les rues encore davantage.

Cependant, les Blattiev allaient de prodige en prodige.

– Tant de belles maisons nouvellement bâties! Qu'elles sont richement sculptées! Et comme elles sont peintes de belles couleurs! Igor Igorovitch, te souviens-tu, voici vingt ans, il n'y avait ici que de pauvres huttes. Vois donc, ces maisons ont des toits couverts de bardeaux rouges! Autrefois, seuls les boyards pouvaient s'offrir cela! Que le monde s'est enrichi!

Blattiev était assis dans la paille, sa barbe était couverte de neige et de glaçons, son haleine gelait en formant de petits cristaux. Il grognait sans cesse et plus tard, lorsqu'ils suivirent de belles rues larges, tandis que les chevaux hennissaient, il se sentit comme au temps de sa jeunesse et il se mit à pleurer.

Au bout de trois heures, ils retournèrent au Kremlin. Lorsque ses tours surgirent au loin ainsi que le palais obscur, le monastère, le haut rempart, les Blattiev se tapirent sous la paille. Les prodiges s'effacèrent derrière eux dans la neige soulevée par leur course.

Encore un instant et le terrible monde souterrain, ses couloirs suintants, la puanteur des fauves, les environneraient de nouveau. Le souvenir de trois heures de liberté... c'était tout ce qui resterait aux deux gardiens du sombre séjour...

Blattiev frappa de ses deux poings le flanc du traîneau et hurla comme un loup égaré. Massia pleura en silence en étreignant Xenia comme si elle allait monter à l'échafaud et, lorsque le traîneau s'arrêta au portail du nord, seul Trottau se dégagea de la paille et des fourrures pour sauter dans la neige qui recouvrait la terre.

– Tant que le tsar sera absent, nous ferons chaque jour une promenade de deux heures, dit-il. Demain, nous irons en forêt, après-demain à l'église de la Vierge sanglante, et le tsar sera absent longtemps!

Les Blattiev le regardaient, effarés, comme s'ils écoutaient parler un enfant. Chaque jour? En forêt? A travers la campagne? Avec au-dessus de leurs têtes le ciel de la Russie?

Ils sautèrent de leur traîneau, étreignirent le cocher, l'embrassèrent sur les deux joues, embrassèrent les naseaux fumants des chevaux, le traîneau de bois sculpté peint de couleurs vives, puis ils s'en furent la main dans la main vers le Kremlin et disparurent derrière la porte dérobée qui ouvrait sur les profondeurs de la terre.

Seul, Trottau resta en arrière; il avait l'intention d'écrire une lettre au tsar.

Peu après le retour des Blattiev, les messagers du tsar arrivèrent à Moscou. Ils galopèrent dans les rues qui conduisaient au Kremlin et firent appeler le médecin von Trottau.

Le chef des gardes du palais restés sur place dit qu'il l'avait vu se diriger vers le monastère. On l'y trouva en effet, occupé à pratiquer une opération chirurgicale. Il débridait un vilain furoncle dans la nuque d'un moine.

L'officier, figé par le froid, apparut dans la chaleur subite de l'infirmerie. « Ordre du tsar! lança-t-il sans égards pour l'opération en cours. Le médecin allemand doit se rendre immédiatement à Alexandrovskaïa Sloboda! »

Trottau poursuivait tranquillement sa tâche comme s'il n'avait rien entendu. Il recommanda seulement :

– Tenez le bol plus haut, petit père, plus près de la nuque! Le pus va sortir à présent!

Il saisit son scalpel et fendit la grosseur qui s'était formée. Le moine tressaillit et grinça des dents, mais il ne dit mot. Les frères rassemblés autour de lui se mirent à marmonner des prières. De la plaie béante s'écoulaient du pus et du sang.

– Le médecin peut-il monter à cheval? rugit l'officier émissaire arrêté sur le seuil.

Trottau ne répondit pas davantage. Il appuya autour de la grosseur un linge imprégné de vin, puis il prit le bol des mains du frère qui lui servait d'assistant et fut en quelques pas devant l'officier des gardes. D'un geste brusque, il approcha le récipient de son nez. L'officier blêmit et détourna la tête.

– Si tu réussis à me rejoindre sur ton cheval avant Alexandrovskaïa Sloboda, lança Trottau d'une voix claironnante, tu auras le droit de me jeter le contenu de ce bol au visage sous les yeux mêmes du tsar! Si tu ne réussis pas, le tsar te forcera à le boire!

L'officier avala péniblement sa salive, posa sur Trottau un regard plein de haine et sortit d'un pas lourd.

– Pourquoi le tsar t'appelle-t-il? demanda le métropolite assis sur un siège placé en retrait. Serait-il souffrant?

– Je l'ignore. (Trottau retourna vers l'opéré. Des

moines infirmiers étaient occupés à le panser.) Que disent les boyards?

– Ils en sont encore aux conjectures. (Le premier des ecclésiastiques de Russie joignit les mains :) Le peuple veut aller en pèlerinage à Alexandrovskaïa Sloboda et supplier le tsar de revenir. Même si Ivan règne par le sang – il règne! – un Russe sans tsar est un orphelin.

Trottau, qui ne désirait pas poursuivre cette conversation avec le métropolite, s'élança au-dehors. Mais avant de s'en aller sur sa monture, il lui fallait s'entendre avec les Blattiev.

Ce fut impossible. Devant le monastère l'attendait le détachement de cavalerie envoyé par le tsar. Chacun des hommes avait changé son cheval. Une belle jument noire qui piétinait la neige attendait Trottau. Son modeste bagage était déjà installé sur un cheval; son domestique, Loukanovitch Sabotkin, était perché sur une rosse décharnée.

– En selle! rugit l'officier.

Trottau hésita. Xenia... pensait-il. Elle va m'attendre... indéfiniment et mourir de peur. Il faut que je la voie! Il voulut dire en guise de prétexte que sa pelisse de cheval manquait à son bagage, mais déjà Sabotkin lui lançait sa fourrure.

– Idiot! jeta Trottau furieux. (Il mit sa pelisse et sauta en selle.) Ça va, grande gueule! lança-t-il ensuite, en se tournant vers l'officier. Celui qui arrivera le premier devant le tsar aura gagné! En avant! Davaï! Davaï!

Il chevaucha au côté de Sabotkin et lui dit d'une voix cinglante :

– Tu m'as empêché de revoir Xenia...

– Vous n'en aviez plus le temps, maître... (Sabotkin eut un large sourire :) D'ailleurs, vous auriez tout révélé par votre comportement, on ne vous aurait pas quitté des yeux... Mais Xenia est prévenue, j'ai pu lui faire savoir votre départ tandis que ces brutes mettaient votre demeure sens dessus dessous.

– Je te rachèterai, Sabotkin! Je te rachèterai au tsar! Tu redeviendras libre!

Trottau vit le frémissement qui passa sur le visage de Sabotkin et, s'ils n'avaient été à cheval, le serviteur serait tombé à genoux.

– Connais-tu le chemin d'Alexandrovskaïa Sloboda?

– Oui, maître.

– A dix verstes du but, décris-le moi clairement : je veux gagner la course! Procure-moi, au dernier relais, un bon petit cheval!

– Le meilleur, maître!

Sabotkin posa une main sur son cœur, puis, éperonnant leurs montures, ils partirent au galop, enveloppés d'une poussière de neige.

Après le dernier relais où Trottau fut gratifié d'un hongre alezan superbe, aux jambes longues et puissantes, le médecin du tsar fit signe à l'officier :

– Te sens-tu encore assez fort pour entreprendre la course? Il me semble que tu es avachi sur ta selle comme un agneau égorgé!

– On chevauche avec son cul, non pas avec sa gueule! hurla l'officier en réponse.

– En ce cas, allons-y!

Trottau eut un grand éclat de rire. Sabotkin lui avait décrit le chemin à suivre et certain raccourci à travers une forêt et un marécage. Le marécage était gelé à présent et, avec un bon cheval, on pouvait presque le traverser d'un bond.

Pendant un bon moment, Trottau et l'officier galopèrent de conserve. Puis le hongre de Trottau affirma peu à peu son avance; ils se trouvèrent ensuite si éloignés l'un de l'autre que Trottau profita du couvert d'un bosquet pour faire virer son cheval sur la droite et partir à travers la forêt, en suivant le chemin décrit par Sabotkin. Lorsque l'officier atteignit le point où Sabotkin avait dévié, il se mit à rire, se frappa le front de l'index et poursuivit son chemin au galop.

Il n'arrivera jamais! pensait l'officier des gardes. Il s'égarera dans le marais, ou encore les loups le dévoreront!

Trottau chevauchait sans relâche. Depuis déjà un moment il n'avait plus aucun point de repère. Tout se ressemblait : un champ de neige et, au-dessus, un ciel de plomb.

Mais son cheval savait le chemin, car il l'avait parcouru mille fois du relais des chevaux à Alexandrovskaïa Sloboda. Il évita les humains, lança ses longues jambes et sut porter Trottau par-dessus le marécage gelé.

Il ne rencontra pas de loups mais il les entendit. Une meute de chiens hurla aussi à quelque distance.

Baignant dans la sueur qui, sur son visage, gelait aussitôt, Trottau surgit de la forêt et aperçut les bâtiments entourés de palissades de la nouvelle résidence du tsar. Des soldats formaient une muraille vivante qui la protégeait de toutes parts. Dans les camps, des feux flamboyaient entre les tentes.

– Place au médecin de la tsarine! cria Trottau

lorsqu'il franchit les portails au grand galop. Faites place au médecin de la tsarine!

Dans la cour intérieure, il sauta à terre. Des serviteurs s'empressèrent et prirent les rênes de sa frémissante monture. Un écuyer parut sur le seuil des appartements privés du tsar : il portait une couverture de zibeline chauffée. Trottau la reconnut... cette couverture recouvrait habituellement le lit de la tsarine.

Il suivit l'écuyer. Un souffle d'air chaud le frappa violemment au visage. Il entendit dehors l'officier des gardes qui arrivait et qui devait se croire l'homme le plus malheureux de toute la Russie!

– Dis à l'officier, ordonna Trottau à l'écuyer, qu'il modère sa grande gueule et qu'il évite, à l'avenir, de me rencontrer! Je ne lui en demande pas davantage!

Deux caméristes parurent dans le vestibule.

– Où est le tsar? demanda Trottau.

– Le tsar chasse en forêt. (Les deux femmes tombèrent à genoux :) La tsarine vous attend. Elle gémit tant elle souffre!

Maria était seule; elle avait passé sur son corps nu une robe de soie tatare.

– Mon ours blond! dit-elle.

Sa voix était rauque. Elle se jeta dans les bras de Trottau.

– Ne pense pas au tsar. Il ne reviendra que ce soir. Moi, je meurs de solitude. Comment ai-je vécu tous ces jours sans toi? Mais tu t'es, je crois, assez bien passé de moi? Avoue, gredin, avoue! Dis-moi ça en me regardant bien en face! Oh! monstre sans cœur... Tu ne sais pas ce que c'est que d'aimer et d'attendre...

Le tsar revint le soir. Sur un traîneau s'accumulaient les dépouilles des loups qu'il avait tués.

Trottau vit de sa fenêtre Ivan sauter à bas de son cheval et arracher du traîneau l'une des grandes peaux ensanglantées afin de la montrer à Maria.

Il ne peut pas agir autrement, pensait Trottau. Il lui faut du sang autour de lui. Il n'est joyeux que lorsqu'il voit du sang. Russie, qu'adviendra-t-il de toi?

Au repas du soir, Ivan dit, entre une bouchée de pain et une gorgée de vin :

– Trottau, je changerai totalement la Russie! Elle aura une autre âme! Les têtes des boyards vont rouler comme les galets sur les rives de la Moscova! (Il tendit son gobelet d'or à Trottau et lui adressa de petits signes d'encouragement :) Bois, petit ami, bois dans le gobelet du tsar! Personne encore n'y fut autorisé, pas même Maria... Quel âge as-tu?

– Le vôtre, sublime tsar!

Trottau but une gorgée et rendit le gobelet à Ivan.

– Mon âge! (Le tsar eut un éclat de rire :) Je ne crois pas que nous mourrons ensemble, Trottau! Je veux être le dernier à boire dans ce gobelet. Moi – pas toi! Que disent les vieux Russes qui se barricadent lorsque le tsar passe à cheval dans leurs rues? « Celui sur lequel le regard du tsar se sera posé tombera en poussière! »

Je m'enfuierai, pensa Trottau. Je prendrai ce risque! Il faut que je regagne Moscou, que je prenne Xenia avec moi. Ensuite, j'essaierai d'atteindre la frontière polonaise. Je n'ai aucune envie de tomber en poussière sous le regard d'Ivan!

16

Le tsarévitch désirait retourner à Moscou et donnait pour raison à son père qu'il ne supportait pas les grands froids. Il était transi jusqu'aux os, même la nuit, durant son sommeil. Il s'éveillait, transformé, prétendait-il, en colonne de glace.

Ivan fit rosser les domestiques chargés du chauffage des appartements de son fils. On plaça partout des braseros emplis de charbons ardents, ainsi que des poêles roulants en cuivre. On avait le souffle coupé, lorsqu'on rendait visite au tsarévitch. La sueur s'échappait en ruisseaux de vos pores. Mais l'héritier du trône était pâle, le regard voilé et, si on s'enquérait de sa santé, il répondait d'un ton bref :

– J'ai froid.

– Mon fils est idiot! criait Ivan. Et un tel abruti doit hériter un jour d'un vaste royaume! Trottau, va le voir et examine-le. Je sais un bon remède contre le froid : il s'agit simplement de lui résister! S'il continue à claquer des dents, le tsarévitch dormira dans une tente d'été en pleine campagne!

Le tsarévitch reçut Trottau en ami. Il ne lui cacha pas les vraies raisons de sa maladie :

– Je fonds littéralement dans cette chaleur, lui avoua-t-il. Ma chambre est un four. Mais je tiens bon, car je veux retourner à Moscou!

Trottau sourit, compréhensif. Moi aussi, je voudrais rejoindre Xenia, pensa-t-il, mais le tsar ne quittera pas si rapidement sa retraite lointaine... pas avant le printemps.

– Moscou est désert, répondit Trottau. Le Kremlin est une caverne glaciale. Qu'y deviendrez-vous, seigneur?

Le tsarévitch s'approcha de la fenêtre et regarda dehors. Il neigeait de nouveau. La neige ensevelissait la campagne et étouffait toute vie sous sa masse blanche.

– Je regrette Irina, répondit-il à voix basse.

Trottau se souvint. Irina était la belle fille râblée et hardie qu'il avait vue étendue sur le lit du tsarévitch, la fille du tanneur de la Moscova que lui avait procurée le chancelier Ivan Viskovaty, afin de faire un homme de ce rêveur.

– Ce n'était qu'un jouet, seigneur, reprit Trottau. Les jouets se cassent un jour...

– Je veux la retrouver! Son amour me manque!

– Nous vous trouverons une autre fille ici, à Alexandrovskaïa Sloboda...

– Je veux Irina! cria le tsarévich. Trottau, n'es-tu médecin que du corps? Ne soignes-tu pas aussi l'âme? A moins que tu ne te bornes à traiter les maladies imaginaires de la tsarine? Mon âme est souffrante, Trottau, et il n'existe pour elle qu'une médecine : Irina!

Trottau fixait le sol recouvert d'épais tapis. Il transpirait terriblement. La chaleur irradiée par les cheminées et les braseros à charbon était insoutenable. Si le tsarévitch supportait cette épreuve depuis des jours, son désir de la petite Moscovite blonde ne pourrait être apaisé par rien d'autre. La menace d'Ivan, d'exposer son fils au gel et aux tempêtes de neige serait également sans effet.

Mes sentiments sont-ils différents des siens? pensait Trottau. Xenia n'occupe-t-elle pas constamment mes pensées?

– Je parlerai au tsar, dit-il songeur, mais à une condition, seigneur.

– Je te donnerai mille roubles!

– Pas d'argent! Soyons complices dans le même complot!

Le tsarévitch se retourna :

– Contre qui? Contre le tsar?

– Oui.

– Es-tu fou, Trottau, de m'avouer cela?

Trottau rit, amusé : – Il ne s'agit pas de ravir la couronne, ni de ravir la vie de qui que ce soit! Mais moi aussi j'aimerais retourner à Moscou. C'est tout! Persuadez le tsar que je dois rester auprès de vous jusqu'à ce que l'on découvre votre maladie et nous partirons ensemble : ainsi pourrons-nous nous rendre service l'un à l'autre.

– S'agit-il aussi d'une femme?

– Oui.

– La jolie blonde du jardin, n'est-ce pas? Et celle-là n'est pas un jouet qui se casse?

– Cet amour ne se brisera jamais.

– Tu oses donc parler d'Irina comme d'une balle que l'on reçoit et qu'on lance à nouveau?

– Vous êtes le tsarévitch et les filles telles qu'Irina ne sont que des fleurs qui parfument votre chambre et se fanent ensuite. La future tsarevna aura une tout autre beauté!

– Qui se risque à y songer, diable d'homme! (Le tsarévitch envoya une tape cordiale sur la joue de Trottau :) Restons-en à ton image : Irina parfume encore ma chambre et je veux la revoir! Aussi j'accepte de prendre part à ton complot et nous partirons ensemble pour Moscou!

Il fallut six jours encore pour persuader Ivan de la nécessité du retour de son fils au Kremlin. Ce furent six jours d'angoisse. Car le tsar pouvait à tout moment livrer son fils aux tempêtes de neige en pleine campagne, ou encore, ainsi qu'il l'en avait menacé, placer son lit au-dessus de six braseros afin de chasser le froid du corps de cet avorton!

– Quel fils! gémissait Ivan ce sixième jour.

Il était seul avec Trottau.

La tsarine dormait encore. Elle dormait beaucoup à présent et mangeait constamment des montagnes de sucreries, des gâteaux, des tartes ou des viandes qui nageaient dans des sauces à la crème et qu'elle accompagnait d'un vin doré et liquoreux. Elle s'épanouissait et son visage gardait sans cesse une expression d'avidité sensuelle. Mais le pire était sa croissante cruauté, le plaisir qu'elle prenait à infliger des tourments. Elle piquait ses femmes avec de longues aiguilles et, lorsqu'elles criaient et tombaient à genoux suppliantes, Maria leur envoyait des coups de pied et les relevait en les saisissant par les cheveux. Elle riait en même temps et sa voix s'élevait, rauque et aérienne à la fois, trahissant tous les mystères du monde oriental d'où Ivan l'avait retirée pour l'installer dans son Kremlin.

– Elle me tuera, Trottau! gémissait Ivan. Son corps est un volcan. Je ne le domine pas et ne le dominerai jamais. Je puis bien faire la conquête du monde entier, mais cette femme maudite ne sera pas vaincue. N'as-tu pas le moyen de l'adoucir?

– Non, sublime tsar, répondit Trottau en toute franchise. Il n'y a pas de remède à cet état, qui est en relation avec les humeurs internes de son corps. Paracelse dit que l'être humain est dominé par ses humeurs...

– Pourquoi ne peux-tu rien, Trottau? (Ivan appuyait doucement la pointe de son épieu sur la poitrine de Trottau. L'acier pénétra l'étoffe de son pourpoint mais s'arrêta à un millimètre de sa peau.) Un médecin du tsar doit être le plus savant médecin du monde. Il ne manque pas de faiseurs de pilules et n'importe quel barbier peut débrider une plaie. Tu crois que Maria a trop d'humeurs amoureuses?

– On peut les nommer ainsi, sublime tsar...

– Alors retire-les lui du corps! cria Ivan. Ne pourrais-tu au moins parvenir à cela?

– Non.

Le tsar bondit :

– Elle est donc inguérissable dans sa violence amoureuse! Trottau... Viens-moi en aide! Je ne peux plus refréner les désirs de Maria!

Ce matin-là, la maladie du tsarévitch s'ajouta aux soucis causés par la lubricité de Maria, une maladie inexplicable, que Trottau décrivit en ces termes :

– On se croirait dans une mine où l'on a ouvert une galerie; si l'on cesse de l'exploiter, elle s'effondre... L'âme humaine est pleine de ces galeries invisibles...

– Et le retour à Moscou serait bénéfique? demanda Ivan.

– Je l'espère.

– Mon fils est un demeuré! La couronne russe destinée à un crétin! Trottau, que ne dois-je pas souffrir?

Le tsar rejeta sa tête en arrière. Son étroit visage au nez en bec d'aigle était vivement éclairé par la flamme dansante des lampes à huile. Il faisait encore sombre dehors, le soleil ne perçait pas encore les nuées basses, lourdes de neige.

Ivan avait voulu réunir son conseil à 10 heures et, à 11 heures, les chefs de ses troupes. Mais il n'en avait aucune envie. Il pensait à ses boyards de Moscou, à leurs tromperies quotidiennes, aux mensonges dont on l'abreuvait, aux hypocrisies qu'il lui fallait admettre et à la Russie qu'il aimait. Mais celle-ci lui rendait son amour, sous forme de peur et de haine, parce que tout ce qui se passait était accompli au nom du tsar.

– Les boyards tueront le tsarévitch! clama Ivan d'une voix étranglée.

– Je l'accompagnerai, répondit Trottau, et je veillerai sur lui.

– Toi? (Ivan tourna vivement la tête :) Tu es le médecin de la tsarine et le mien, tu restes!

– Il s'agit de garder le tsarévitch à la Russie.

– Et moi, je resterai seul, nu! Tout nu! (Le tsar parcourait la grande salle de long en large comme un animal captif :) Je n'aurais donc plus personne avec qui parler comme avec un être humain raisonnable! Tu es le seul, Trottau! Et Maria? Oublies-tu la tsarine?

Ivan s'arrêta et se cacha comme un chien battu derrière l'un des braseros emplis de charbons ardents.

Sa démence est de plus en plus évidente, pensait Trottau. Mais c'est une démence grandiose. C'est le crépuscule d'un homme génial qui s'est consumé lui-même. On ne le comprendra jamais. Dans l'avenir, on ne parlera que de ses cruautés et de la terreur incompréhensible qu'il propageait autour de lui. Mais personne ne se doutera de sa profonde solitude, de sa fuite continuelle pour échapper à lui-même, ni surtout de la conviction, qui le précipitera dans la démence et selon laquelle, s'il aime la Russie, il lui faut la gouverner par le sang.

– J'aime Maria, reprit le tsar à mi-voix derrière son brasero, mais j'ai peur d'elle.

– La décision concernant votre fils dépend de vous seul, Grand Tsar. (Trottau se dirigea vers la porte :) Ici, à Alexandrovskaïa Sloboda, le tsarévitch perd son âme.

– Où veux-tu en venir? cria Ivan en courant à la suite de Trottau. Vas-tu me laisser seul à présent, chien?

– Il me faut aller trouver la tsarine qui me demande chaque jour une poudre.

– Reste auprès de moi, Trottau. Jamais je ne retrouverai un médecin comme toi! Tandis que je puis à tout instant engendrer un autre tsarévitch!

Trottau s'inclina et quitta la chambre du tsar.

Ce matin-là, il administra à Maria qui l'attendait au lit une poudre si apaisante qu'elle se trouva bientôt dans un état de demi-conscience.

– Embrasse-moi, dit-elle avant que le médicament eût agi complètement. Mon ours blond! J'ai vécu dix jours sans toi. Comment ai-je pu les vivre? Ce maudit temps empêche Ivan de chasser. Viens, étends-toi auprès de moi, Prokoffia et Maroussia feront le guet devant ma porte.

Trottau obéit; il savait que sa poudre agirait immédiatement. Il posa ses lèvres sur les lèvres pleines de Maria, caressa ses cheveux et son corps jusqu'à ce que le sommeil qu'il avait suscité se fût emparé d'elle. Alors il tira sur la tsarine les floconneuses peaux de zibeline et sortit rapidement de la pièce. Prokoffia et Maroussia qui gardaient la porte, n'en crurent pas leurs yeux.

Le tsar se retourna vivement lorsque Trottau reparut chez lui. Il darda aussitôt son épieu dans sa direction. Toujours et partout, Ivan redoutait la trahison, l'attentat. Il était constamment armé pour défendre sa vie.

– Ils me trahissent tous! lança-t-il. Tous! Toi aussi. Tu es un chien avisé... Mais je te confondrai aussi, Trottau! Il n'existe personne qui ne vous trompe!

– La tsarine s'est endormie, répondit Trottau en déposant sur la table un petit sac de cuir. J'ai essayé une nouvelle poudre... à laquelle elle réagit aussitôt : si chaque matin vous faites fondre avec le sucre dans sa boisson deux doses de cette poudre, elle restera calme comme un agneau!

Ivan glissa le sac dans son manteau coupé comme un cafetan :

– Voilà une bonne médecine, Trottau... je ne manquerai pas de la lui faire prendre régulièrement!

Après le repas de midi, une petite colonne de cavaliers sortit de la forteresse d'Alexandrovskaïa Sloboda. Quarante cavaliers de la garde, cinquante chevaux de somme, dix traîneaux, bref, une escorte modeste. Le tsarévitch retournait à Moscou. Le visage rougi, les yeux brillants, il fixait le lointain d'une blancheur uniforme. A côté de lui se trouvait Trottau enveloppé de fourrure de loutre. Dans le traîneau suivant, il y avait Sabotkin, son serviteur, le seul que ce retour désolait. Il avait commencé une amourette avec Pietka, une fille de cuisine, un oiselet aux boucles noires. C'en était fini... à jamais, car Sabotkin avait le pressentiment qu'ils ne reverraient pas Alexandrovskaïa...

Moscou, pensait Trottau, lorsque les traîneaux pénétrèrent dans la forêt. Dans deux jours, il y aura de nouveau Moscou, de nouveau Xenia! Son incroyable douceur, sa beauté...

Xenia! Nous traverserons de nouveau Moscou! Nous glisserons à travers les forêts, enveloppés par les nuages de neige que soulèvera la troïka et accompagnés par le tintement des clochettes! Nous irons au couvent de Sagorsk, à l'église de la Trinité, à l'église de la Vierge en pleurs, et je prierai le métropolite de nous marier secrètement sur les marches qui montent vers le mur des icônes et où seuls s'agenouillent le tsar et la tsarine. Xenia Igorovna, dans deux jours nous serons à Moscou!

Le ciel déversait sur les traîneaux des tombereaux de neige. Dans dix jours, on fêterait Noël.

17

Dans les couloirs suintants, Blattiev courut, en hurlant d'une voix qui s'enrouait, les bras ouverts pour accueillir Trottau. Son ouïe excessivement sensible lui avait signalé les pas pourtant éloignés du médecin. Derrière Igor parurent Massia et Xenia qui, presque en même temps, se jetèrent sur le nouveau venu pour l'étreindre et l'embrasser, en le malmenant presque tant leur joie était grande. Puis Blattiev souleva Trottau de ses bras herculéens d'ours des cavernes, le plaça en travers de son épaule et le porta chez lui. Chose étrange : malgré la pénombre constante de ce gigantesque sépulcre qui vous pénétrait de son humidité jusqu'aux os et la puanteur des ours qui en faisait l'un des lieux les plus sinistres de la terre, Trottau avait le sentiment de retrouver son foyer.

Il était auprès de Xenia et peu lui importait ce

qu'il y avait autour. Elle le regardait de ses grands yeux qui brillaient de toute la félicité de l'amour. Ah! ses cheveux d'or, ses lèvres pâles qui ne savaient que dire : Tu es là! C'était plus que toutes les richesses que l'on pouvait acquérir.

Massia posa sur la table en madriers un flacon de gorelka, eau-de-vie brûlante dont Blattiev recevait tous les huit jours deux flacons. Puis elle apporta une épaisse bouillie de millet et de lait caillé de jument. Enfin elle mit une poêle sur le feu pour y cuire des œufs.

Blattiev, qui s'était éloigné, revint avec un chalumeau.

– Sa szourna! s'écria Massia en frappant ses mains l'une contre l'autre. Igor, tu en joues si bien! Jésus-Christ! depuis combien de temps n'en as-tu pas joué? Lorsque tu as été baptisée, Xenouchka, il était assis là-bas, sur ce banc, et jouait la chanson du cavalier farouche... Puis il a caché sa szourna. Igor, quel beau jour!

Massia se mit à pleurer, se laissa tomber près du foyer et cacha son visage dans son tablier.

Les gros doigts de Blattiev se posaient sur les ouvertures de l'instrument rustique dont il jouait avec un rythme lent, comme perdu dans les souvenirs de sa jeunesse, de ce temps où il pouvait encore parler et dire à Massia : – Mon petit cygne, écoute-nous, ma szourna et moi, car nous avons beaucoup à te dire!

– Peux-tu t'imaginer, disait pendant ce temps Trottau à Xenia, après l'avoir embrassée, comme s'il s'agissait de vivre un an de ces caresses, peux-tu t'imaginer une existence à l'air libre et loin de la Russie?

Elle se figea :

– Tu... vas quitter la Russie?

– Après Noël, la Russie aura changé d'aspect. Le tsar veut arracher le pays aux boyards, briser la puissance des grands propriétaires terriens. Il veut tenir toute la Russie dans ses mains. Il organise une armée nouvelle à Alexandrovskaïa Sloboda... et aussi une autre armée composée d'espions et de bourreaux : ce seront les opritchiniki, du nom du vieux pays des tsars Opritchina dont est née la Russie! Dès l'an prochain, les opritchiniki chevaucheront par milliers à travers la Russie et tueront chacun de ceux qui ne vivront pas selon la volonté du tsar. L'ami du tsar, le prince Skouratov, prendra le commandement de cette armée de bourreaux. Quant aux régions entourant Moscou jusqu'à Vladimir Ouglitch et Kostroma, c'est le jeune boyard Boris Godounov qui les commandera. Le tsar veut plonger la Russie dans le sang.

– Il veut anéantir les boyards? demanda Xenia haletante.

– Totalement! Il créera une nouvelle noblesse avec des paysans libres qui dépendront du tsar et qui n'auront aucun droit héréditaire comme les boyards. Le tsar, là-bas, à Alexandrovskaïa Sloboda, contemple de sa fenêtre les champs de neige et ne pense à rien d'autre. Il rêve d'un empire où seuls Dieu et lui-même régneront.

– Mais pourquoi faut-il s'en aller?

– J'en sais trop, Xenia. J'ai été témoin de scènes que nul n'est autorisé à voir. Je me trouve tellement à la merci du tsar qu'il peut d'un doigt me tordre le cou. Et il le fera un jour. Aussi faut-il que je m'en aille.

– Où, Andrei?

– En traversant la Pologne jusqu'en Allemagne. Je

serai le premier à savoir *quand* Skouratov et Godounov inonderont le pays de leurs opritchiniki. Nous partirons à cheval un jour avant. Dans l'ivresse de sa victoire, le tsar m'oubliera, tandis que nous serons déjà près de la frontière polonaise. Il ne pourra plus nous rattraper.

– Nous? dit Xenia tout bas.

– Je t'emmène, Xenia. J'ai parlé au métropolite, il nous mariera avant le départ.

Elle fondit en larmes brusquement et se cramponna à lui :

– Reste ici, Andrei! Cache-toi ici, sous terre, personne ne t'y cherchera... Andrei, cette Allemagne inconnue! Comment vivre sans la Russie, sans petit père et petite mère?

Le rideau qui remplaçait la porte fut brutalement repoussé. Massia bondit dans la pièce, elle avait écouté leurs propos, comme toutes les mères dans cette situation.

– Ne l'écoute pas, mon fils! cria-t-elle. C'est une idiote! C'est ton homme et tu le suivras où qu'il aille! Ne suis-je pas restée avec ton père? N'ai-je pas échangé ma jolie maison de Temrieianka contre cette sale caverne? Mère des cieux, quelle jeunesse! Tu es sa femme et tu vivras avec lui, fût-ce dans les neiges éternelles! Allons ouste, fiche le camp d'ici!

Elle empoigna sa fille et la souleva; elle lui envoya une bourrade énergique et la lança par-dessus le seuil. Trottau s'était levé, mais Massia le repoussa et le força à se rasseoir :

– Reste assis, fiston! Il faut la secouer rudement! Ça rend tout plus facile. Bien sûr, elle part avec toi et nous vous bénirons et nous prierons pour vous chaque jour. Mais une mère a toujours, toujours des questions à poser!

– Demandez ce que vous voulez savoir, Massia Fillipovna!

– Pourras-tu guérir tout à fait la maladie de Xenia?

– Oui.

– Vivra-t-elle longtemps? Et l'aimeras-tu toujours?

– Ma vie sans elle ne serait qu'une *moitié de vie.* Je retournerai avant Noël à Alexandrovskaïa Sloboda pour observer l'organisation des opritchiniki. Lorsque Skouratov et Godounov recevront l'ordre de tuer, je reviendrai chercher Xenia immédiatement. (Trottau se leva et prit les mains de Massia usées par le travail :) Deux chevaux de plus ne nuiraient pas à mes projets. Massia, partez avec nous!

– Blattiev sans ses ours? Que dis-tu? Il a dû sacrifier sa langue à cause des ours, c'est pourquoi il restera toujours avec eux et moi je resterai avec Igor. Nous avons mis notre fille au monde ici même et nous te la donnons. Mais n'oublie pas que Dieu te châtiera de la lèpre si tu la rends malheureuse! Elle attira Trottau et déposa un baiser sur son front.

– Quand retournes-tu à Alexandrovskaïa Sloboda? reprit Massia.

– Deux jours avant Noël. Je veux surprendre le tsar par ma présence.

Trottau prépara sa fuite dans les moindres détails. Il acheta quatre chevaux et une troïka qui furent placés, en attente, dans une écurie d'un faubourg de Moscou. Ces vaillants petits chevaux devaient être bourrés d'avoine, car il leur faudrait se montrer forts et résistants. Mais tous les préparatifs apparurent bientôt inutiles.

Avec deux traîneaux et quatre cavaliers seulement comme escorte, le tsar retourna secrètement à Moscou. Dans le premier traîneau, enfouie sous d'épaisses fourrures, la tsarine était assise au côté d'Ivan. Elle frémissait de colère contenue.

Personne ne remarqua ce petit groupe de voyageurs lorsqu'il atteignit Moscou. Un traîneau parmi mille traîneaux, des cavaliers parmi d'autres cavaliers...

Ivan se réjouissait. Ses yeux perçants d'oiseau de proie luisaient. Un tsar rentre chez lui d'une autre manière, pensait-il. Mais ainsi, anonyme aux yeux de tous, il voit la vérité.

Mais Ivan ne voyait pas les yeux brillants de haine de la tsarine.

18

La petite colonne du tsar s'arrêta devant l'une des portes dérobées du Kremlin. Les quatre streltsy qui montaient la garde à cet endroit et qui se morfondaient depuis des jours s'élancèrent vers le portail et abaissèrent leurs piques. Puis ils reconnurent le tsar et leurs visages s'épanouirent; ils jetèrent leurs piques et tombèrent à genoux dans la neige.

– Te voici revenu, petit père! crièrent-ils. Loué soit Jésus-Christ! Tu ne nous as pas oubliés...

– Emmenez-les! lança Ivan impavide en faisant signe à ses cavaliers. Ils ne m'ont jamais vu, je n'ai jamais été à Moscou!

Sans un mot, les cavaliers tirèrent à eux les streltsy agenouillés, leur lièrent les mains dans le dos et les emmenèrent. On ne les revit jamais. Mais qui s'inquiète en Russie de quatre serviteurs disparus?

Les traîneaux pénétrèrent dans la cour au fond du palais et s'arrêtèrent devant l'escalier de l'église. C'était l'escalier que descendait habituellement Ivan pour se rendre le plus rapidement possible aux cérémonies.

Le tsar descendit de son traîneau et regarda vers l'église. Les tours qui se terminaient en forme de bulles dorées luisaient à la froide clarté réverbérée par la neige. La place devant l'entrée était vide, il n'y avait pas de traces dans la neige. La solitude qui régnait dans le Kremlin était pesante.

– Je voudrais prier, dit soudain Ivan.

– Maintenant? demanda Maria d'une voix sombre.

– Maintenant! Oui, maintenant! (Le tsar s'adossa au traîneau :) Ah! que j'aime Moscou! Comme il m'a manqué! Mon cœur était déchiré tandis que je parcourais ses rues. Et tout cela, par la faute des boyards! Ils ont volé ma jeunesse, empoisonné ma femme, fait de mon trône un billot ensanglanté. Ils ont sucé le sang de la Russie comme des vampires et soumis le peuple à leur volonté! Mais je les massacrerai tous, je les anéantirai avec femmes et enfants! Et le peuple doit assister à ce carnage, voir comment j'en débarrasse la Russie! (Le tsar appuya ses deux mains sur ses yeux :) Il me faut supplier Dieu de me pardonner le bain de sang qui va ravager ce pays. Il ne doit pas porter à mon discrédit les âmes que j'anéantirai. Un tsar doit être dur, ou il sera dévoré par ce grand, ce radieux pays.

– Va dans ton église, dit la tsarine, et prie aussi pour une âme que je vais anéantir.

Une lumière crépusculaire régnait dans le vaste vaisseau vide et rutilant d'or. Une veilleuse toujours allumée brûlait devant l'icône de la Vierge.

– Dieu, commença Ivan d'une voix tremblante, mon Dieu, ne m'abandonne pas, pardonne-moi toute faute. Je suis entouré d'ennemis et je ne fais que me protéger. Toi, protège ton humble disciple... J'ai peur, mon Dieu, j'ai peur de tous mes sujets et de ma merveilleuse terre russe...

Il tomba à genoux et se traîna, sur toute la longueur de l'allée centrale qui divisait en deux l'énorme vaisseau, jusqu'à l'iconostase rutilante. Lorsqu'il eut atteint les marches qui montaient à l'autel et qu'il leva les yeux, il vit, dressé devant lui, grand, puissant, en vêtements sacerdotaux brodés de perles, Philippe, métropolite de Moscou.

– Je veux me confesser, petit père, balbutia Ivan.

– L'oreille de Dieu est partout.

– Je vais tuer mes sujets par milliers, petit père. Je serai suivi par des légions de morts.

– Dieu en fera le compte, mon fils.

– J'anéantirai les boyards!

– Nous sonnerons les cloches et nous prierons pour leurs âmes.

– Je tuerai peut-être aussi le médecin de la tsarine. Il en sait trop sur mon cœur.

Le métropolite éleva ses deux mains, son visage était impassible comme le marbre dans lequel on avait sculpté les saints adossés aux piliers des lieux sacrés.

– Cela donnera un compte bien long, destiné à Dieu, mon fils.

Le tsar acquiesça par un signe de tête.

– Et l'on te tuera aussi, petit père métropolite de Moscou. Tu es un ami du prince Kourbski.

– Je te bénis, mon fils.

Le tsar tomba la face contre terre. Il resta étendu de tout son long devant l'iconostase et il eût été facile de lui enfoncer dans le dos un poignard qui lui eût transpercé le cœur. Mais jamais encore un tsar n'avait été assassiné dans une église.

Dehors, cependant, on déchargeait le second traîneau. Un homme garrotté fut retiré de la paille chauffée et d'un enroulement de couvertures. Son visage avait été défiguré par des coups de fouet.

– Écoutez-moi! cria-t-il. On a trompé le sublime tsar! Skouratov et Iouriev n'en veulent qu'à mes domaines et Boris Godounov est un démon déguisé! Je n'ai pas trahi le tsar!

Maria descendit du traîneau :

– Ne vous plaignez pas, prince Loumansovski, dit-elle avec un calme effrayant. Le tsar a besoin d'un exemple de vengeance. Le choix est tombé sur vous. Soyez-en fier!

– Accordez-moi cinq minutes avec le tsar! rugit Loumansovski. Pourquoi ne m'écoute-t-il pas? Pourquoi croit-il Skouratov et Godounov?

– On ne demande pas *pourquoi* au tsar! (La tsarine contourna le prince, s'arrêta tout contre lui et l'attira vers elle par ses mains liées :) Que ferais-tu si je t'échangeais contre un autre? dit-elle.

– Tout! sublime tsarine, tout! Je vous laverais les pieds chaque jour avec ma langue! Je vous adorerais!

– Ce n'est pas très original! répliqua la tsarine glaciale et ses yeux noirs eurent un éclat tellement sauvage que Loumansovski retint son souffle. Tuerais-tu celui contre lequel je t'échangerais?

– Immédiatement, sublime tsarine!

Maria fit signe aux gardes à cheval :

– Allez chercher le médecin! s'écria-t-elle. Cherchez-le chez lui et amenez-le dans la chambre où le tsar tient conseil!

Dans la demeure du médecin, on ne trouva que son serviteur couché au chaud sur le poêle où il rotait tout à son aise car il avait bien déjeuné. Trottau était sous terre chez les Blattiev. Aussitôt après Noël, l'évasion commencerait. La troïka et les chevaux étaient prêts. Et alors Sabotkin serait un homme libre, car son maître lui avait promis de le racheter.

Quelle vie, mes petits frères! Sabotkin était perdu dans cette rêverie, lorsque les gardes montés du tsar firent irruption dans la pièce.

– Où est le médecin? rugirent-ils.

Avant que Sabotkin eût répondu, ils le jetèrent par terre et lui envoyèrent des coups de pied dans le dos.

– Ouvre la gueule, punaise! beugla l'un des gardes en frappant Sabotkin à lui en faire craquer les os.

Pas comme ça, petit ami, pensa Afanasi. Il se taisait, les dents serrées, et pensait au sage religieux, dans sa patrie, qui lui avait dit, il y avait longtemps de cela, qu'on n'éprouvait pas la souffrance si on savait la faire taire. Aussi Sabotkin restait-il immobile, laissant le garde s'épuiser à le battre.

Ils battirent presque à mort Sabotkin le silencieux, puis l'abandonnèrent baignant dans son sang, pour fouiller tout le palais. Mais ils ne trouvèrent pas Trottau.

Cependant, Maria attendait dans sa chambre

vide et glacée, enveloppée dans son épais manteau de zibeline, les yeux brûlants et pâle de colère. Ce ne fut pas Trottau qui entra, mais le tsar Ivan.

– Où est Loumansovski? criait-il. J'ai fait mes comptes avec le Seigneur. A présent, je veux voir mourir Loumansovski!

– Il attend à côté.

– Vite! chez les ours! (Ivan serrait les poings.) Où est Trottau? Je veux voir le médecin! Il connaît mon âme, mais il ne connaît pas encore les ours! Il va les voir. Je veux qu'il se tienne auprès de moi lorsque Loumansovski aura les chairs déchirées... Trottau doit tout savoir de moi. Tout!

– J'ai une grâce à te demander, dit la tsarine d'une voix calme. Depuis plusieurs jours, elle observait son époux.

La démence apparaissait en lui de plus en plus souvent, le déchirait et détruisait visiblement sa raison.

– D'abord, allons chez les ours! cria le tsar. Avec Loumansovski commencera une ère nouvelle en Russie. Sa mort apprendra aux boyards à avoir peur!

– Abandonne-le moi, Ivan!

Le tsar s'immobilisa. Ses petits yeux perçants d'oiseau fixèrent Maria.

– Tu veux que je te fasse cadeau de Loumansovski?

– Je veux l'échanger contre Trottau.

– Le médecin? (Ivan réfléchit, se demandant d'où venait cette haine subite.) Nous en avons encore besoin.

– Je suis bien portante, Ivan.

– Personne ne l'est jamais tout à fait.

– Si je puis emporter sa tête en la tenant par les cheveux, je ne serai jamais plus malade.

Le tsar haussa les épaules, il avait froid malgré sa lourde fourrure :

– Tu me fais frémir, Maria, dit-il d'une voix enrouée. C'est ton médecin, mais il est aussi devenu mon seul confident, le mur devant lequel je soulage mon cœur, devant lequel je pleure et je crie, je prie, je supplie... Il reste muet. J'ai besoin de Trottau.

– Et quand as-tu l'intention de le faire mourir?

– Lorsque la Russie sera devenue le plus puissant royaume de ce monde. Peu importent les morts, je ferai de la Russie un paradis exemplaire et nul n'aura le droit de mesurer les tonneaux de sang qui m'auront servi à diluer le mortier de cette construction! Non! (Ivan secoua la tête :) J'ai encore besoin de Trottau!

– C'est mon médecin! l'interrompit Maria durement.

– Alors je te le prends!

– Donne-moi Loumansovski en échange!

– Mauvais troc! il me faut un boyard à tuer!

– Prends Boris Godounov!

– J'ai besoin de lui pour accomplir « le grand nettoyage ». Il se montre particulièrement expéditif dans l'art du massacre, c'est sa passion.

– Un jour, il te massacrera toi-même...

– Moi? (Le tsar eut un éclat de rire strident :) Seul Dieu me tuera et... il a le temps! (Il se détourna et se dirigea vers la porte qui ouvrait sur sa chambre de travail.) Pourquoi tant discourir? J'ai marchandé à Dieu le prince Loumansovski, j'ai le droit de le tuer et je veux jouir de sa mort pour me fortifier avant tous ces mois pendant lesquels la

Russie priera et pleurera, criera et mourra jusqu'à ce que naissent les temps nouveaux.

Il poussa la porte. Loumansovski se tenait devant la trappe grande ouverte. Deux streltsy se trouvaient déjà dans l'escalier, torches en main.

– Grâce! rugit Loumansovski. Sublime tsar, Dieu m'est témoin : je vous étais fidèlement dévoué. Skouratov ment. Godounov ment. Il n'y a autour de vous que des menteurs, seigneur. Grâce! Prenez mes terres près de Novgorod...

– Elles m'appartiennent déjà, dit le tsar impassible. Dès à présent, tout appartient au tsar! Comment vous, les boyards, ne le comprenez-vous pas? Allons!

Il prit la main de Maria et descendit l'escalier avec elle. Un streltsy éclairait le chemin devant eux, l'autre poussait le prince devant lui.

– Où faut-il aller, sublime tsar? demanda le premier streltsy.

Sa voix tremblait d'anxiété.

– C'est moi qui marcherai en tête!

Ivan prit une torche et descendit dans l'obscurité visqueuse, comme pourrie.

Il est devenu fou! pensait Maria. Je serai bientôt sa veuve, la femme la plus puissante, la plus riche de l'univers! Je poserai le corps de Trottau comme une offrande sur le cercueil d'Ivan, mais je garderai sa tête et on la portera devant moi comme une couronne!

Comme je l'aime, cet ours blond! Et lui me plonge dans le sommeil au moyen d'une poudre, afin de me fuir!

Derrière elle, Loumansovski se mit à prier à voix haute. Sa plainte résonnait à travers l'obscurité et se brisait contre les voûtes :

– Ta pitié est grande, ô Seigneur, mais n'oublie pas ce que tu as dit : je suis un Dieu vengeur...

Ils atteignaient la partie du souterrain où les voûtes se trouvaient plus élevées, mais où l'odeur des fauves s'imposait déjà...

19

Trottau était assis auprès de Xenia dans le recoin qu'elle considérait comme sa chambre. Il la regardait coudre un morceau de toile qui servirait de voile à Massia.

Ils avaient passé une heure à l'air libre dans le petit jardin recouvert de neige, puis Trottau l'avait ramenée, fatiguée par l'air vif, à demi ensommeillée, enroulée dans trois couvertures. Au fond d'un couloir, Blattiev faisait entendre son chalumeau. Il avait nettoyé la litière de ses ours, étant le seul qui pût pénétrer dans leur fosse. Il les nourrissait même dans sa main, il connaissait toutes leurs humeurs, il les giflait même lorsqu'ils grognaient, ou il abattait son poing sur leur nez sensible lorsqu'ils se dressaient, de méchante humeur.

Massia, debout contre un seau rempli d'eau chaude, rinçait des pots de terre cuite et vernissée qui leur servaient de vaisselle, quand Blattiev fit irruption dans la salle en poussant des sons inarticulés qui exprimaient une violente émotion. Il montra d'un geste figé l'un des couloirs, se signa, s'arracha les cheveux... puis il repartit en courant.

Massia avait pâli. Elle s'élança à la suite de son mari.

– Qu'a-t-il? dit Trottau.

– Je ne sais pas. (Xenia se rapprocha de Trottau :) Je ne l'ai jamais vu ainsi. Mon Dieu, pourvu que l'un des ours ne soit pas mort! (Elle joignit les mains. On entendait à distance Massia qui appelait et aussi les gloussements rauques de Blattiev.) La dernière fois qu'un ours est mort, j'avais dix ans. Le tsar a tellement fouetté petit père qu'il est resté huit jours sans pouvoir bouger. Le neuvième jour, un nouvel ours fut descendu ici et le tsar envoya en même temps ce message : « Igor Igorovitch, j'ai fait ouvrir l'ours mort, il était bien soigné et il est mort de vieillesse. La raclée sera mise à ton crédit. Tâche de me le rappeler! Le tsar est ainsi...

Un frisson secoua Trottau. Il se rappelait que, à part le tsar, personne ne quittait vivant ce séjour souterrain.

– Qui a amené le nouvel ours?

– Un streltsy.

– Connaissait-il le chemin?

– Petit père a été le chercher au pied de l'escalier. Puis il a tué ce strelsty. C'était l'ordre du tsar.

– Il l'a livré aux ours?

– Oh! non. Seul, le tsar en a le droit. Petit père emmène tous ceux qui ne doivent pas retourner là-haut dans un cachot où il les étrangle avec une corde.

– Mon Dieu, balbutia Trottau, nous nous enfuirons en Allemagne avant les solennités de Noël! Il faut t'éloigner d'ici. Il faut que tu oublies ce que tu as vu!

Massia parut :

– Le tsar! cria-t-elle. Le tsar arrive avec un condamné... on l'entend prier... ils seront ici dans quelques instants. Par la Vierge mère et tous les saints, restez tranquilles. Jamais le tsar n'a jeté un regard à l'intérieur de notre habitation, il en sera de même aujourd'hui.

Elle se signa, s'élança vers l'icône et se mit en prières. Trottau voulut parler, mais Xenia posa une main tremblante sur ses lèvres.

– Le voici...

Les voix devenaient plus précises. Trottau entendit crier : « Grâce! grâce! » Il serrait les mains de Xenia contre ses oreilles et enfouit son visage entre ses seins. Mais il entendit encore Massia murmurer à travers la portière qui fermait la pièce :

– La tsarine est aussi venue.

Puis elle disparut de nouveau. Trottau leva vivement la tête :

– Non, balbutia-t-il, ce n'est pas possible! Elle ne peut pas faire ça! Dis-moi que ce n'est pas vrai. Elle ne peut pas assister à une scène si cruelle!

– Elle est déjà venue ici quatre fois avec le tsar, répondit Xenia.

La voix de Loumansovski se brisa. Il avait vu Blattiev et savait maintenant qu'il n'y aurait ni grâce ni miracle pour lui.

– Dieu vous anéantira! rugit le boyard. Ivan, tsar de Russie, mon sang s'égouttera chaque nuit sur tes mains!

– Il parle trop, Blattiev...

C'était la voix du tsar que Trottau connaissait si bien. Il l'avait entendue dans des moments très divers; dans ceux du désespoir comme dans ceux de la colère. A présent, elle était calme, claire et froide.

– L'avenir te maudira! criait Loumansovski. (En ces dernières minutes de son existence, il était sans crainte et hurlait sa révolte et ses malédictions :) On te nommera Ivan le Terrible!

– C'est un fier nom à porter! Pourquoi ne gémis-tu plus, boyard?

– Tu n'en vaux pas la peine, tu es incapable de comprendre un sentiment! Tu es fou!

– Qu'on le jette aux ours! rugit le tsar. Blattiev, ôte-lui ses liens, il faut qu'il coure devant la mort, il faut qu'il se démène avant d'être déchiré par les bêtes!

– Je les serrerai contre mon cœur! cria Loumansovski. Mourir en te maudissant est un honneur! Vas-y, Blattiev, mène-moi aux ours, j'ai le plus grand désir de leur être livré!

Trottau entendit des coups de fouet retentissants. A présent, ils poussent à coups de fouet leur victime vers la fosse aux ours, pensa-t-il. D'une minute à l'autre la porte grillée va s'ouvrir. Les monstres au pelage brun se dresseront et leurs petits yeux rusés regarderont en haut, vers la galerie... La tsarine s'y trouvera, debout, penchée en avant, et regardera comment un homme est déchiré vivant par des bêtes. Elle sera là dans toute sa radieuse et barbare beauté, jouissant des tourments infligés à ce mourant.

Trottau enfouit de nouveau son visage contre la poitrine de Xenia. La certitude qu'il ne pouvait rien opposer à cette horreur sans condamner à mort les Blattiev, Xenia et lui-même, était un sentiment tellement effroyable qu'il faillit se trouver mal.

Puis ce fut le silence. La lourde porte de fer de la fosse aux ours ne laissait passer aucun son. Trottau releva la tête. Il vit que Xenia avait joint les mains et qu'elle priait. Il s'affala, la tête sur la table.

– Mon Dieu, dit Trottau, grand Dieu du ciel,

pourquoi souffres-tu cela? Où es-tu, mon Dieu? As-tu oublié la Russie et son peuple qui est le plus croyant du monde? Retourne en Russie, mon Dieu...

Des pas résonnèrent. Des portes claquèrent. Heureusement que Trottau ignorait ce qui se passait en ce moment. Dans une pièce contiguë, Blattiev étranglait avec une corde de chanvre les deux streltsy venus accompagner le condamné. C'était son devoir...

De nouveau, une porte claqua. La voix du tsar Ivan retentit, un peu enrouée, impressionnée qu'il était par le spectacle de la mort courageuse de Loumansovski.

– Ce sont de bons ours, Igor Igorovitch, je t'en fais compliment, et toi aussi, Massia, tu es une brave femme!

Les pas se rapprochèrent, s'arrêtèrent devant l'entrée de la retraite de Xenia.

On entendit Massia tomber à genoux et dire :

– Sublime tsar, nous sommes nourris de votre bonté...

Au même instant, Xenia se contracta et appuya ses mains sur sa bouche, prise d'une quinte de toux irrésistible. Elle tenta de contenir sa respiration en posant sur Trottau un regard qui criait son angoisse : Aide-moi! mendiaient ses yeux. Andrei, il ne faut pas que je tousse! Ils m'entendront... Empêche-moi, Andrei...

Trottau saisit sa tête et l'attira sous sa longue robe de médecin en croisant ses bras par-dessus. Mais en vain. La toux arrachait de la poitrine de Xenia cet aboiement terrible des poitrinaires...

– Qu'est-ce que cela? demanda la tsarine devant l'entrée de la pièce. (Elle se retourna et fixa la portière qui séparait la chambre de la pièce centrale. Le tsar avait poursuivi son avance, Blattiev l'éclairait en le précédant.) Quelqu'un d'autre vit avec vous? lança Maria.

– Oh! petite mère, balbutia Massia. (Elle entoura de ses bras les bottes de la tsarine et s'y cramponna, implorante :) Ce n'est qu'une enfant... malade de la poitrine... elle tousse à mort... Restez là, petite mère, ne vous exposez pas à ce danger...

La tsarine sans un mot envoya un coup de pied à Massia qu'elle frappa au front et qui tomba sur les dalles de pierre où elle rabattit son tablier sur sa tête et resta, sans bouger, comme un paquet de hardes. D'un geste bref, la tsarine repoussa le rideau.

Alors ils se dévisagèrent, Maria et Trottau. Leurs regards se heurtèrent comme des glaives et blessèrent leurs cœurs qui jamais plus ne guériraient.

Trottau gardait encore la tête de Xenia cachée sous sa mante. Elle toussait toujours, le corps convulsé, et cette quinte de toux d'une violence particulière l'empêcha d'assister à la brisure d'un amour qui avait été fait de ciel et d'enfer.

– Mariouchka, dit Trottau lentement.

Le nom de son bonheur déchiré.

La tsarine s'adossa au mur. Elle cherchait un soutien et en cet instant, son âme mourut.

Le combat silencieux que Maria et Trottau menaient à coups de regards meurtriers, Trottau le remporta. La tsarine baissa les yeux. Mais ses mains qui savaient caresser si suavement et dans lesquelles elle savait aussi mettre toute l'incandescence des steppes de Kazan, s'appuyèrent au mur froid et y frappèrent une cadence monotone et terrible. Mélodie effroyable de l'anéantissement.

Mort, mort, mort...

– Ours blond, dit enfin Maria dans un souffle à peine perceptible, pourquoi as-tu fait cela?

De la pièce centrale, Massia rampa dans la chambre :

– Grâce! petite mère, grâce! gémit-elle. Ayez pitié de ceux que l'on a bannis de la vie!

– Pourquoi es-tu ici? demanda la tsarine qui ne regardait que Trottau, tandis que ses mains frappaient toujours le mur en cadence et que tout son corps frémissait.

– Je suis médecin, répondit Trottau.

– Mon médecin, Andrei.

La quinte de toux cessa. Xenia releva la tête, ses yeux bleus reconnurent la tsarine. Alors elle s'arracha de Trottau, tomba à genoux et baissa la tête si bas que son front toucha le sol dallé. Tout ceci se passa si rapidement que Trottau ne put retenir Xenia.

– Grande tsarine, dit-elle de sa voix douce aux inflexions toujours affectueuses, votre regard nous rend l'espoir...

– Elle est jolie!

La tsarine s'écarta du mur, se pencha vers Xenia et la fit se relever en la tirant par les cheveux. Trottau voulut bondir, mais il s'arrêta en plein élan comme paralysé. Des plis de sa zibeline, Maria avait retiré un poignard dont elle appuyait la pointe sur la nuque de Xenia.

– C'est un ange, poursuivit Maria, un véritable séraphin. Depuis combien de temps la connais-tu, Andrei?

– Depuis près de dix mois... répondit Trottau.

Sa voix était à peine audible. Xenia restait étendue, immobile devant la tsarine. Massia s'était agenouillée auprès d'elle, gémissante.

– Tu l'aimes?

– Oui, sublime tsarine.

Maria lâcha la chevelure de Xenia qui s'effondra et se mit à prier. Maria l'enjamba et s'arrêta tout contre Trottau. Son haleine brûlante passait sur son visage.

– Tu as déchiré mon ciel, murmura-t-elle enrouée. Tu m'as anéantie. Le jour tu étais auprès d'elle, et la nuit tu venais me trouver. Etait-ce ainsi?

– Oui, Mariouchka.

– Je t'ai aimé, le sais-tu? Tu étais le seul homme auquel non seulement mon corps mais aussi mon cœur appartenaient. Tu as détruit tout cela. Tu as fait de moi une âme morte.

Sa tête se pencha en avant et s'appuya à l'épaule de Trottau :

– Le jour auprès d'elle, la nuit avec moi... J'étais de moitié avec une petite putain aux cheveux clairs. Oh ours, mon ours blond, quelle femme supporterait d'être ainsi traitée! Attends-tu de moi que je te pardonne? Dois-je être plus sainte que les saints? Ours blond, que dois-je faire?

– Accorde-moi la possibilité de quitter la Russie.

Trottau posa un bras autour des épaules de Maria, mais d'une secousse elle se libéra. Dans ses yeux noirs flambait un brasier d'une violence à tout détruire.

– Tu veux t'éloigner de moi?

– Je sais qu'un caprice du tsar suffirait à me faire tuer.

– Je t'aime, Andrei.

– C'est un amour mortel, Maria, le tsar...

– Je ferai étrangler le tsar et nous gouvernerons la Russie!

– Tu oublies les boyards. Basmanov, Godounov, les Romanov...

– J'ornerai chaque créneau du Kremlin de leurs têtes tranchées.

– J'aime Xenia! Je veux l'épouser!

– Le jour avec elle, la nuit avec moi... (La tsarine saisit des deux mains la tête de Trottau et l'attira tout contre son visage :) Tu seras aussi la nuit auprès d'elle, dit-elle dans un murmure. Toujours, éternellement, dans la nuit, car nos nuits furent les plus belles sur cette terre. Je te ferai crever les yeux. Alors tu l'auras toujours, ta Xenia. Et tu paraîtras devant moi avec des orbites vides et moi je te regarderai et te dirai : Andrei, approche-toi, je suis malade, palpe mon corps! Le sens-tu? Touche-le tant que tu voudras, ours blond, prends-le, tu es le médecin et tu as le droit de toucher le corps de la tsarine. Et la tsarine reste étendue sans bouger... tout à fait immobile... Que tes mains sont douces, elles me font tant de bien!... Sais-tu encore quel est l'aspect de ce corps, ours blond? Et tu seras assis auprès de moi, regardant dans l'éternelle nuit et tes mains chercheront le soleil perdu. Alors tu auras tout ce que tu désirais : les nuits radieuses avec Xenia et l'amour de la tsarine selon ton bon plaisir. Seulement tu ne pourras plus voir tout cela...

Du couloir leur parvinrent les éclats de la voix d'Ivan. Il s'était arrêté, étonné que Maria ne l'eût pas suivi.

– Maria! appela-t-il. Dépêche-toi, je veux encore me rendre à l'église et prier.

– Il n'y a que deux issues pour sortir de cette tombe, dit la tsarine en lâchant la tête de Trottau.

Il recula de deux pas et fit une profonde aspiration.

– Il s'agit de l'escalier allant au cabinet de travail du tsar et la sortie sous un buisson dans le jardin. Je posterai quatre strelsty devant chaque issue et tu ne pourras plus sortir. Demain, avant que le tsar ne reparte pour Alexandrovskaïa Sloboda, je viendrai cueillir tes yeux. Mon ours blond, tu resteras auprès de moi jusqu'à la fin de tes jours... Cette enveloppe frappée de cécité, je l'abandonne volontiers à cette malheureuse petite putain phtisique...

Elle leva la main avec la rapidité de l'éclair et frappa Trottau en plein visage, puis elle l'attira de nouveau à elle et le couvrit de baisers sauvages qui lui ôtèrent la force de se défendre.

– Pourquoi as-tu déchiré mon ciel? balbutia-t-elle.

– Et le tsar? demanda Trottau d'une voix morne. Comment lui expliquera-t-on que son médecin et ami est devenu aveugle?

– Les boyards! (Maria eut un sourire féroce :) Ce sont les boyards, dira-t-on. Afin de frapper le tsar au cœur, ils ont aveuglé son ami! Skouratov, Boris Godounov, ils gémiront et jureront par tous les saints... Mais le tsar ne les croira pas, et moi, je les accuserai, et il les anéantira. Ce sera une triple réussite, mon bien-aimé : le tsar sera satisfait, je te garderai, et la puissance des boyards sera brisée. Le tsar régnera, mais je le guiderai.

– Tu es un démon! marmonna Trottau. Je dirai la vérité au tsar!

– Ne fais pas l'idiot, Andrei, répondit la tsarine presque triste. Laisse-moi quelque chose de toi. On peut aussi arracher une langue, mais je voudrais, alors que tu ne pourras plus voir, m'entendre encore appeler « Mariouchka ». Personne ne le dit aussi tendrement que toi.

Elle se détourna et s'éloigna d'un pas vif.

– Tu as une bonne épouse, Blattiev, dit la tsarine à haute voix lorsqu'elle fut dans le couloir, et une jolie fille! Elles me deviendront chères et je m'occuperai d'elles. Ivan, nous avons vécu une belle journée...

20

Devant la trappe ouvrant dans le cabinet du tsar, cinq streltsy montaient la garde. Ils ignoraient pourquoi. Ils avaient seulement reçu l'ordre de rester là et de tuer tout individu qui tenterait de sortir par cette trappe. Dans le jardin aussi, quatre soldats se tenaient autour d'un buisson et la tsarine elle-même leur avait dit : – Si de ce buisson apparaissaient un homme et une jeune fille, frappez-les aussitôt de vos piques!

C'était un ordre étrange, car comment croire qu'un homme et une jeune fille surgiraient ainsi d'un buisson? Mais la tsarine l'avait dit: il était inutile de raisonner, il fallait obéir.

Ainsi les autres streltsy restaient debout dans la neige, à demi gelés, les yeux rivés à ce maudit buisson; ils pensaient à un verre de thé chaud et aussi à ce coin quiet en haut du poêle, dans leur salle de garde surchauffée.

Le tsar était retourné à l'église avec la tsarine qui était assise, pâle, marmoréenne, sur un fauteuil d'or d'où elle contemplait fixement l'iconostase.

Le tsar avait fermé les yeux et écoutait pieusement les chants religieux. Il ne pensait plus à

Loumansovski. Ivan était transporté par les voix merveilleuses des moines. Pouvait-on louer Dieu mieux que par ces chants?

Le métropolite qui était debout derrière Ivan se pencha vers le tsar :

– Sublime tsar, dit-il, nul n'a su comment c'est arrivé, mais le peuple sait que vous êtes revenu à Moscou. On veut se rendre en procession auprès de vous, afin de vous supplier de vous rasseoir sur votre trône!

– Taisez-vous, père Philippe, répondit Ivan, les yeux clos, ces voix... ces voix célestes...

– Demain matin, le peuple viendra vous rendre hommage, seigneur. Moscou sera éclairé par des milliers de torches. La Russie vous appelle.

– Je retourne aujourd'hui même à Alexandrovskaïa Sloboda. (Le tsar regarda de côté. Maria était assise, toujours marmoréenne, sur son trône d'or, son visage semblait luire comme un ivoire oriental et maléfique.) A-t-on retrouvé Trottau? demanda Ivan.

– Oui, répondit Maria. Il nous attend. Il soigne justement le boyard Iouriev.

– Iouriev est ici et non à Alexandrovskaïa Sloboda?

– Il nous a suivis à cheval, le diable sait pour quelle raison.

Par ces paroles, la tsarine posait la première pierre de son mensonge : puis elle dirait que Iouriev avait aveuglé Trottau. Aujourd'hui même, pensait la tsarine. Enfin ce serait le retour à Alexandrovskaïa Sloboda.

Mon ours blond... tu avais de si beaux yeux bleus. Pourquoi m'ont-ils menti si cruellement?

– Iouriev a chevauché à une telle allure que

Trottau a dû lui pommader le derrière, dit-elle.

Le tsar rit tout bas.

– Un fidèle, ce Iouriev!

Maria se taisait. Attends un peu, pensait-elle. D'ici peu, on amènera Trottau jusqu'à ton traîneau et de ses orbites vides le sang coulera encore. Et moi je crierai : C'est Iouriev! Ce sont les boyards, tes fidèles!

– Dans trois heures, nous nous mettrons en route, dit le tsar. Si le peuple veut me rencontrer, il lui faudra venir à Alexandrovskaïa Sloboda, petit père.

– Oui, sublime tsar.

Le métropolite se pencha encore au-dessus de l'épaule du tsar.

– J'attendrai et ils viendront nu-pieds et resteront nu-pieds debout, devant moi, dans la neige. Alors je déciderai si je retourne à Moscou.

– Ils le feront, noble tsar! répondit le métropolite, et je marcherai à leur tête!

– Écoute! (Ivan leva la main :) ils chantent les louanges du Seigneur. Ces voix... ces voix...

Il baissa la tête et pleura.

Sans bruit, la tsarine quitta l'église. Elle voulait voir crever les yeux de Trottau et pleurer devant ce spectacle.

Il existait une troisième issue pour sortir du monde souterrain situé dans les fondations du Kremlin. Une issue ignorée de la tsarine et que seuls connaissaient les Blattiev. C'était une porte de fer qui débouchait à l'intérieur d'une cheminée de marbre dans la chambre à coucher du tsar.

C'est par là que Trottau et Xenia s'enfuirent. Leur départ fut, on s'en doute, quelque peu précipité.

Xenia n'emporta que quelques vêtements. Elle avait embrassé ses parents en larmes en appelant sur eux la bénédiction de Dieu. Pour la dernière fois, Blattiev s'était assis sur le banc de pierre pour jouer un air d'adieu sur son chalumeau. Puis saisissant des deux mains son instrument, il l'avait brisé contre un pilier en hurlant comme un loup. Il sortit ensuite une petite icône usée de son vêtement et s'agenouilla. Trottau et Xenia s'agenouillèrent aussi et Blattiev bénit son enfant qu'il ne reverrait plus. Il posa l'icône sur leurs têtes, mais se redressa aussitôt lorsqu'il vit Massia appuyer son front contre le mur parce qu'elle ne voulait pas voir comment elle perdait sa fille.

Blattiev arracha une torche du mur et la balança au-dessus de sa tête hirsute.

– Petite mère, sanglotait Xenia, pourquoi ne pars-tu pas avec nous?

– Veux-tu te dépêcher! cria Massia. Plus un mot. Andrei, prends-la par la main et courez! Voulez-vous me briser le cœur? Igor, chasse-les avec ton gourdin!

Adieu atroce parce que définitif. Il fallait se hâter car la tsarine ne leur laisserait pas de répit.

Trottau et Xenia coururent à la suite de Blattiev, suivirent des couloirs inconnus, gravirent des escaliers jamais vus jusqu'à la porte de fer qui ouvrait dans la cheminée. Blattiev poussa les verrous : le chemin vers l'avenir était libre.

Blattiev les projeta rudement en avant par les épaules et referma la porte derrière eux. Il ne pouvait faire autrement; ceux qui s'en allaient vers la liberté le comprirent. Pour Blattiev, sa vie se terminait là. Il n'avait vécu dans son souterrain avec ses ours que pour l'amour de son enfant. Bourreau des ennemis du tsar et étrangleur de tous les témoins gênants, il n'avait souffert cet opprobre que pour Xenia, cette merveille, ce miracle jamais compris, accueilli comme un cadeau immérité.

– Dans une demi-heure, nous serons loin de Moscou, dit Trottau haletant. Il nous reste à chercher Sabotkin.

Ils le trouvèrent encore étendu par terre, baignant dans une flaque de sang, mais vivant. Il leva la tête en voyant son maître et un sourire las tordit ses lèvres fendues. Il s'étira comme s'il ne lui restait plus qu'à mourir en paix.

– Je n'ai rien révélé, dit-il péniblement. Petit père, partez! La tsarine est venue!

– Je le sais, Afanasi.

Trottau s'agenouilla auprès du blessé, l'examina rapidement et se rendit compte qu'il avait moins de mal qu'il ne paraissait. Mais le sang qu'il avait perdu lui ôtait la force de se relever.

– Serre les dents, idiot! lança Trottau. Dans huit jours tu seras un homme libre.

Il le souleva par les aisselles et le releva.

– Partez! petit père, partez! (La tête de Sabotkin retomba sur sa poitrine. Il était trop faible.) Vous êtes un bon maître, Dieu ne cessera de vous bénir.

– Lève-toi! cria Trottau.

– Il faut vous mettre en route, maître! gémit Sabotkin, je ne serai qu'un poids inutile...

– Lève-toi, tu entends?

Trottau hésita, puis il se mit à battre Sabotkin, à accabler de coups ce pauvre visage martyrisé, sanglant, enflé. Ça, c'était une décision que Sabotkin, le serf, comprenait et qui, d'ailleurs, réveilla ses dernières forces et le remit sur ses jambes flageolantes : – Mon petit père me bat, je dois obéir!

Et il obéit, fit quelques pas hésitants, s'appuya sur Trottau et sortit en vacillant.

Ils atteignirent l'une des petites portes percées dans le mur du Kremlin, où un seul streltsy montait la garde. L'homme connaissait le médecin de la tsarine. Il ouvrit la porte et la referma, s'imaginant que Trottau emmenait deux malades vers une quelconque infirmerie.

Au bout de dix minutes, ils étaient dans l'écurie où les attendaient un traîneau et des chevaux. Le palefrenier qui les avait vendus à Trottau les attela. Trottau étendit Sabotkin dans la paille et cacha Xenia à côté de lui en jetant sur eux deux grandes couvertures en peaux de chien. Puis il s'élança lui-même sur l'étroit siège de bois.

Le ciel s'était de nouveau couvert. De gros flocons tombaient comme de la ouate émiettée.

– Bon voyage, votre grâce! dit le palefrenier et il lâcha les rênes tout en s'inclinant.

Trottau fit un claquement de langue, les chevaux hennirent, s'enlevèrent et prirent le trot.

– Reverrons-nous la Russie? demanda Xenia à mi-voix.

– Non, dit Trottau, pas cette Russie-là.

– Alors, laisse-moi lui faire mes adieux, Andrei!

Elle se mit debout, ouvrit ses bras et, poursuivant ainsi leur course, ils sortirent de Moscou. On eût dit que Xenia embrassait ce merveilleux pays, cette ville formidable, ce peuple croyant, asservi depuis des siècles, ce peuple resté, en dépit de tout, bon et joyeux.

Une demi-heure plus tard, la tsarine descendait dans le souterrain, accompagnée de quatre streltsy.

L'un d'eux portait dans une cassette tapissée de satin une longue aiguille en argent.

Maria ne dit rien lorsqu'elle constata qu'elle arrivait trop tard. Dans la chambre vide de Xenia, les Blattiev agenouillés priaient l'un contre l'autre, unis dans le même chagrin, pour lequel il n'y a pas de mots.

La tsarine s'adossa au mur et contempla la paillasse qui avait été la couche de la jeune fille. Et elle était torturée par la pensée que ce pauvre lit, son amant blond l'avait partagé avec une autre femme et que cette femme, il l'avait aimée plus qu'elle, la puissante tsarine. Pour Maria aussi, c'était un adieu définitif. Son adieu à un amour que Trottau n'avait jamais tout à fait compris.

Lorsque la tsarine remonterait au Kremlin après son passage dans le souterrain, le monde compterait un monstre de plus. Et pendant les siècles à venir, les historiens resteraient impuissants à expliquer le phénomène que présentait cette femme dans sa métamorphose inconcevable. Ils supposeraient tout : la maladie, la démence héréditaire, le sadisme, le dégoût, mais ils ne penseraient pas à la mort d'un grand amour.

Blattiev devait rester en vie. Sa mort eût inquiété Ivan. Igor et Massia étaient en sécurité tant que le tsar vivrait. Et c'était ce qui affectait le plus Maria : il n'y avait plus pour elle de vengeance.

Elle s'approcha de Blattiev, lui envoya un coup de pied dans les côtes et lui désigna d'un geste les quatre streltsy. Igor Igorovitch se releva docilement et emmena l'un après l'autre les streltsy dans une petite pièce où il les étrangla avec sa corde de chanvre, tandis que la tsarine remontait seule au Kremlin.

Ivan tempêta pendant cinq jours en demandant Trottau à cor et à cri; il envoya des soldats à sa recherche, fouetta à mort les gardes de son palais. Il fit venir des voyants et des magiciens à Alexandrovskaïa Sloboda, et promit à Dieu trois cathédrales, les plus belles de l'univers, si l'on retrouvait son médecin.

Le sixième jour, Ivan était assis en larmes sur les genoux de Maria, comme un enfant cherchant refuge auprès de sa mère. Et la tsarine, caressant son visage anguleux, creusé, lui dit :

– Ivanouchka, il était semblable à l'aigle! Peux-tu garder un aigle en cage?

– Il était le seul homme avec lequel je pouvais parler, gémit le tsar.

Et il était le seul homme que je pouvais aimer, pensa la tsarine.

– Il nous reste la Russie, Ivan, répondit-elle.

– Un pays qui me tue, un peuple qui me maudit! Partout la trahison... Maria, j'ai froid...

Elle l'entoura de ses bras et le serra contre son sein pour le réchauffer de son corps. Le tsar s'endormit ainsi.

Au premier jour de l'an de grâce 1565, le matin vers 9 heures, Trottau passa dans sa troïka la frontière de la Pologne à Polozk. Il était en sécurité.

Derrière lui, Xenia et Sabotkin dormaient. Les blessures du fidèle géant guérissaient peu à peu et Xenia, de ses grands yeux bleus, contemplait le monde et demandait sans cesse :

– Andrei, sommes-nous libres? Sommes-nous vraiment libres?

Aussitôt après la frontière polonaise, Trottau arrêta sa troïka, sauta à bas de son siège, courut à ses chevaux et, leur mettant ses bras autour du col, embrassa leurs naseaux fumants. Puis il réveilla ses compagnons de voyage, rejeta leurs couvertures de fourrure et les fit sortir de la paille tiède.

– La Pologne! cria-t-il, et là-bas se trouve la Prusse! Ne dormez pas le plus beau jour de votre vie! Nous sommes sur un sol de liberté!

Xenia descendit du traîneau, fit quelques pas en arrière et s'arrêta, le regard perdu dans l'infini blanc où l'on ne distinguait que les sillons creusés par leur traîneau et les marques des sabots de leurs chevaux.

– Et là-bas se trouve la Russie, murmura-t-elle en s'appuyant contre Trottau. (Un vent leger balayait la neige et recouvrait déjà toutes ces traces.) Ma Russie... (Elle chercha la main de Trottau et la serra contre ses lèvres :) Dieu protège la Russie!

Ils restèrent debout côte à côte jusqu'à ce que le vent eût effacé leurs empreintes dans la neige.

1185

Achevé d'imprimer en Europe (France)
par Brodard et Taupin à La Flèche (Sarthe)
le 17 décembre 1993. 1965 I-5
Dépôt légal janvier 1994. ISBN 2-277-21185-0
1er dépôt légal dans la collection : mai 1981

Éditions J'ai lu
27, rue Cassette, 75006 Paris
Diffusion France et étranger : Flammarion